古典文獻研究輯刊

二四編

曾永義 主編

第12冊

血粉戲及其劇本十五種（中）

李德生 著

國家圖書館出版品預行編目資料

血粉戲及其劇本十五種（中）／李德生 著 -- 初版 -- 新北市：
花木蘭文化事業有限公司，2021〔民 110〕
目 2+184 面；19×26 公分
（古典文學研究輯刊　二四編；第 12 冊）
ISBN 978-986-518-574-9（精裝）
1. 中國戲劇 2. 戲劇評論
820.8　　110011668

ISBN-978-986-518-574-9

古典文學研究輯刊
二四編　第十二冊　　ISBN：978-986-518-574-9

血粉戲及其劇本十五種（中）

作　　者　李德生
主　　編　曾永義
總 編 輯　杜潔祥
副總編輯　楊嘉樂
編　　輯　許郁翎、張雅淋、潘玟靜　美術編輯　陳逸婷
出　　版　花木蘭文化事業有限公司
發 行 人　高小娟
聯絡地址　235 新北市中和區中安街七二號十三樓
電話：02-2923-1455／傳真：02-2923-1452
網　　址　http://www.huamulan.tw 信箱 service@huamulans.com
印　　刷　普羅文化出版廣告事業
初　　版　2021 年 9 月
全書字數　268982 字
定　　價　二四編 20 冊（精裝）台幣 45,000 元

血粉戲及其劇本十五種（中）

李德生 著

目次

下　冊

《槍斃閻瑞生》——
從《槍斃閻瑞生》談到露蘭春、趙君玉

民國九年（1920），上海發生了一件令人震驚的血案。此案所釀成的餘波在社會上傳播、漫延長達數年之久。很多藝人將這一血案編成鼓書、評彈、的節目演於茶樓酒肆，伶人將其編成戲曲搬上舞臺，小說家將其編成「暢銷書」售賣於市，唱片公司則製作了大量唱片南北發行，電影製作商還將其拍成長達十集的巨形默片，在南方各地連續放映。該案為上世紀二十年代初的新聞、出版、戲劇、曲藝、電影以及商業廣告界，連續創造出諸多地般般之最。其主要角色便是「截財摧花」的殺人兇犯——「閻瑞生」。

1920 年金秋的八月八日，在上海徐家匯郊區的一片倒伏的麥田裏，農民發現了一具女屍。此屍體貌完好，衣著入時，唯所戴簪環首飾，一概全無，顯然是一件殺人截財的命案。經上海警察廳查明，死者為滬上題紅館的妓女王蓮英，作案的疑犯為紈絝嫖客閻瑞生。閻瑞生作案後逃逸失蹤，於是頒發通緝令，通報全國緝捕。兩月後，閻瑞生在徐州落網，遞解上海監押。復經三審，閻瑞生在人證物證面前低頭認罪，且供出同黨。最終定讞，判為死刑，押解龍華槍斃。此案經新聞記者數月的追蹤報導，將起始原由、支脈細節，一滴不漏地公布於天下。戲曲界捷足先登，將這一血案編成連臺本戲，便繪聲繪色地演了起來。與其說《槍斃閻瑞生》是一臺「時裝戲」，更可以說它是一齣再現新聞的「活報劇」。

閻瑞生，原籍河南，自幼隨父母遷居上海。其父早喪，留有薄產，與母親相倚度日。十六歲考入震旦大學，與商會會長朱葆三的兩位公子同學，且交往頗深。閻瑞生家境小康，但他平時的行為做派，多仿傚小開，以紈絝子弟自居，從不認真讀書。二十歲時，肄業離校。因為他通曉法文、英文，又進入交通部訓練學校機械科學習了一年。嗣後，便在上海的幾家洋行裏謀得一職，擔任翻譯和文書，收入不菲。二十四歲，遵從母命，娶妻成家。奈何，閻瑞生放蕩成性，並不眷顧家庭，終日在外邊濫交朋友、吃、喝、嫖、賭，無所不為。薪金一到手裏，不是逛窯子，就是下賭場，不到三、兩天，便揮霍殆盡。因此時常手頭拮据，寅吃卯糧，不斷向朋友借貸。

1920 年初，閻瑞生時年二十六歲，因為不務正業耽誤了公事，被公司解聘而丟了差事。從此，成了無業游民，再也沒有謀到新職，經濟上頗為窘迫。但是他的積習不改，每日仍然在青樓賭場與一般狐朋狗友冶遊。眼看快到端午節了，閻瑞生一共欠下六百多元外債。討債的圍追堵截，糾纏不休，如何才能籌措到這筆錢還債，使他傷透了腦筋，仍是一籌莫展。

閻瑞生（右）與王蓮英（右）生前的照片　攝於上世記一十年代末

閻瑞生，原籍河南，長於上海，十六歲考入震旦大學，不認真讀書，二十歲肄業離校。嗣後在上海的幾家洋行裏擔任翻譯和文書，生性好賭，負債累累。陡生邪念，殺人截財。被捕後，被判槍斃正法。

王蓮英是個滬上名妓，一度被選為花國總理。出身上海鄉間的貧民之家，乃父嗜煙如命，致使家業凋零。恰逢開辦題紅館妓院的老鴇看中，帶到上海。經過數年薰炙，便出落成一朵名花。從此身價倍增，聲名遠揚。性奢侈、好打扮，被打截殞命。

6 月 5 日，他編造了一個理由，向題紅館的妓女小林黛玉借了一枚大鑽戒，說是讓朋友開開眼，次日完璧歸趙。到手之後，他便去了典當行，將其質押了六百元。然後，用這筆錢跑到江灣賽馬會，悉數買了馬票，期望贏上一把，還清債務。不想時運不濟，所押馬匹全部落伍，害得了他血本無歸，舊債未了，又添新債。更是無法向小林黛玉交待。於是陡生邪念，產生了謀財害命之心，就把目標放在了妓女王蓮英的身上。

王蓮英也是題紅館的妓女，因為人物生得標緻亮麗，體態風流，且性情溫柔，又好打扮，故人見人愛，是題紅館中的上品人物。在「花國大選」中，一度被選為「花國總理」。從此身價百倍，一躍成為滬上名妓。她原本出身於余饒鄉下的貧民之家，其父不事勞動，嗜煙如命，致使家業凋零，聊無生計。恰逢開辦題紅館妓院的老鴇回鄉省親，無意間看中年已豆蔻的王蓮英，是個可塑的好坯子。就花言巧語地說動其父母和本人，將王蓮英帶到了上海。入館之後，更衣燙髮，修飾打扮，幾經調教和姐妹們的薰炙，未幾便學會了七葷八素、煙視媚行，與嫖客的種種周旋。從此，陪酒調笑，出局侍宿，出落成一朵眉目多情，善解人意的「紅姑娘」。不僅替老鴇子掙了許多纏頭，自己也混得珠翠滿頭，私房寬綽。王蓮英到很顧家，時常寄錢回家，供養父母和弟弟、妹妹。

在滬上名妓中，王蓮英有一嗜好，崇尚奢華，追逐時髦，更愛炫富，爭搶風頭。每次赴局赴會，他都濃妝豔抹，滿身翠鑽，以示身價。閻瑞生在一次朋友的酒局上認識蓮英，對她周身佩戴的明幌幌的飾物頗有印象。而今借貸無門，阮囊羞澀，王蓮英的一身珠寶便成了閻瑞生獵殺的對象。

為了達到目的，閻瑞生做了精心策劃。案發前一日，他約了一班朋友在蓮英的下處打麻將，散局之後，又約定次日到另一朋友處打撲克。當晚，他便到昔日的同學小開朱稚嘉處借來一部小轎車。六月九日，他開就汽車，先到徐家匯老開浦西藥房買了一瓶麻醉藥，又到閘北的「一品香」茶葉店找到老熟人吳春芳，向他說明了自己的計劃，請他做幫手。並許以重酬，得手後，所得財務四六分賬。吳春芳在金錢的引誘下，利令智昏，不僅自己甘當幫兇，還拉上了店中的夥計方日珊配合作案。到了下午，閻瑞生一行三人開著小轎車赴局，慌稱朋友未到，先接蓮英外出兜風。當時的上海，以開汽車招搖過市、炫富兜風為最時尚的事情。王蓮英最愛這種時髦，便欣然登車前往。這一路有說有笑，好不風光，引得路人駐足觀望，十分愜意。汽車沿靜安寺路往西，經過極司菲爾路、北新涇一直開到郊外，及至到了虹橋的一片麥田之前，已是日落西山，路荒人稀了。閻瑞生把車停在一僻陰之處，與吳春芳、方日珊三人一起露出凶相，要殺人行搶。蓮英大懼，苦苦哀求，終未幸免。吳春芳攬腰抱其雙臂，方日珊按住雙腳，閻瑞生則向王蓮英口中灌進了藥水，而後，用繩索將其勒斃。三人動手將王蓮英頭上、身上所佩珠翠寶石截掠一空，並把屍體拋至麥田深處藏匿。三人登車後，將所得珠寶依約分髒，閻瑞生分得最多，得巨型鑽戒一枚，佩飾數件，計金數千，吳春芳和方日珊亦各得不菲。三人對天盟誓，三箴其口，至死不喻。歸城後，閻瑞生還回轎車，各自分散。王蓮英的屍體直到兩天以後，才被下田的農人發現。

話分兩頭，6 月 6 日晚，王蓮英至夜未歸，題紅館的鴇母不知何故，問及館中姐妹，有人說是被閻瑞生接去兜風。鴇母心中始安，然而，直到第二天王蓮英也沒有回館，又無來人捎信，有違常例。便覺事情不好，便向警察局報了案，委託尋人。可巧，第二天徐家匯警察局接到了麥田女屍的報案，於是，二案合一，忙將題紅館的鴇母和姐妹代表傳至麥田辨屍。果然是王蓮英的屍身，唯所戴飾物全無，於是認定嫌犯是閻瑞生無疑。警察局當即派人到外籍公司，從閻瑞生就職檔案中查得他家地址。遂派巡捕到他家中緝拿。不想撲了一個空。他家的母親和媳婦對此全然不知，只說他前日回家後，說有一個朋友介紹，有一洋人外埠公司要一名翻譯，待遇優厚，須馬上前去面談。還說，如被聘用，得在外埠多住幾日才能回家。說罷，整理了一些隨身衣物，攜了一隻小皮箱，便匆匆而去。去向則一概不知了。巡捕無可奈何，只在其家中略做查看，便回局覆命去了。警察局臨此重案，一方面向各省兄弟單位發了通緝令，一方面派出暗探、包打探，尋跡偵訪。大小報紙以此案為主條新聞，連篇累牘的加以報導。少不得有王蓮英的姐妹出面談往，閻瑞生的舊交現身說故，一時炒得沸沸揚揚。一個月下來，案情進展甚微。只查得閻瑞生作案所用汽車來自商會會長朱葆三家。經傳朱家車夫，得知此車乃是朱家三公子朱稚嘉借給閻瑞生的。

作為物證，這輛汽車被停駛封存；朱稚嘉作為疑犯之一，也被羈押在監候審。復經上海商會具名擔保，才被開釋還家自省，不准自由外出。

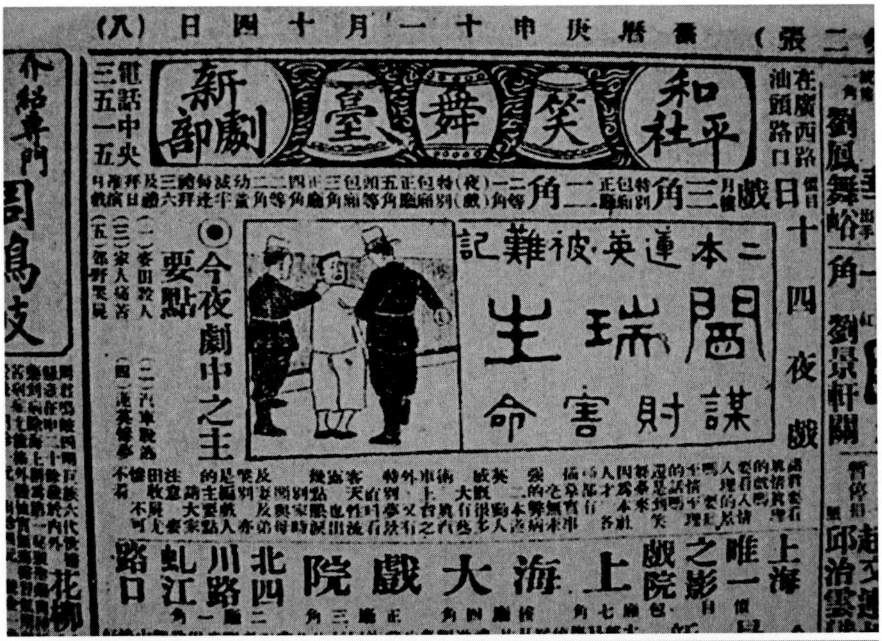

關於演出《閻瑞生》的戲劇和電影的廣告

上圖為上海笑舞臺演出《二本蓮英被難記》廣告圖片，《申報》1920 年 12 月 23 日 8 版。下圖為影片《閻瑞生》廣告，《申報》1921 年 07 月 5 日，5 版。

閻瑞生作案之後，知道自己罪不可赦，不敢與家言明，連夜乘船，隻身潛逃外地，先是逃往青浦岳丈家中躲避，謊稱出差公幹。第四天，他在報紙上看到東窗事發，知道這裡不是久留之地，警察會尋跡而來。於是，告別了老泰山，又落荒而逃。在後來藝人們編演的戲中，還加了一幕「瑞生卜卦」。說閻瑞生如驚弓之鳥，終日魂不守舍，一日遇一算卦的先生，他特意上前求卜凶吉。卜者見其神色張皇，言其有難在身，須向北方一避為宜。瑞生依言，兩月間行行宿宿，輾轉來到徐州。稍避兩日，意欲繼續北上。

這一天正是八月八日，閻瑞生來到了徐州銅山火車站，見有小童賣報，就順手買了一張，一看，上邊盡是關於王蓮英命案和緝拿自己的文章，由不得變顏變色，行坐失態。合當出事，他的舉止失態恰被站在牆角的一位密探看在眼裏。彼時，照相和相片的洗印技術已開始發達，閻瑞生的照片隨著通緝令已廣泛發放到各地警察、探員和包打聽的手裏。這位密探把揣在懷裏的照片拿出來一比對，沒錯，就是他。於是，他稍稍走到站外巡羅的警察身邊，一陣私語，就開始動手抓捕。也可能二人立功心切，動作過大，被閻瑞生察覺，撒腿就跑。這二人喝五喊六，緊追不捨。閻瑞生竄出站外，被一條河水所阻。急切中竄入河中，欲游水逃走。兩岸群眾知是閻瑞生落水，莫不摩拳擦掌，協助警察，將閻捕獲。並從閻瑞生的懷中起獲了大鑽戒和花別針等髒物。

閻瑞生在徐州落網的消息，不脛而走。滬上報紙專發「號外」報捷，幾至行路之人都為之彈冠相慶。徐州方面隨即荷槍實彈，將閻瑞生連夜押解上海。當時上海最高長官係淞滬護軍使何豐林，他當即責令軍法處鄧子琳處長嚴加審訊，並隨時向社會公布案情。奈何閻瑞生在公堂之上百般抵賴，死不認帳。及至，傳訊借給他汽車的朱稚嘉和題紅館的妓女出庭，當堂對質並指認髒物。在人證物證面前，閻瑞生無計可施，只得認罪伏法，並供出合夥作案的幫兇吳春芳和方日珊。

吳春芳懷有僥倖心理，依然在「一品香」上班未逃，被巡捕逮個正著。而方日珊早已逃竄，不知去向，再無下文了。軍法處以民初制訂的《懲治盜匪法》第三條第二款之規定，判決閻瑞生和吳春芳二人死刑。十一月二十三日，槍決二犯於龍華的西炮臺大操場，當時圍觀者甚眾。據《新聞報》報導：「押赴刑場路上，閻瑞生始終皺眉無語，而吳春芳大唱二簧。」

閻瑞生謀斃蓮英一案，是 1921 年上海灘街頭巷議最熱鬧的話題。年底《申報》在盤點《民國九年上海大事記》時列有：「六月九曰：閻瑞生糾同吳春芳方日珊謀斃小花園妓女蓮英並劫取飾物」，「八月八曰：謀斃妓女之閻瑞生在徐州就獲是日移提回滬」，「十一月二十三曰：龍華槍斃謀斃妓女蓮英兇犯閻瑞生吳春芳」。《申報》《大事記》的篇幅很有限，卻給閻瑞生王蓮英一案分別列了三個條目，這一不同尋常的編排，足見此案在上海市民心目中的分量。

自當年 6 月 11 日，徐家匯郊外麥田發現蓮英屍體一事見諸報端起，未及半月，《申報》就登出新華書局出版《蓮英被害記》一書的通告。稱書中「並附兇手閻瑞生之歷史以饗閱者」，「卷首附蓮英電光照片兩張，彩色精印，光耀奪目。書出無多欲購從速」。僅隔三天，世界書局編輯的《蓮英慘史》和《閻瑞生秘史》也陸續面市，為市人爭售一空。其中還出過一部《閻瑞生自述》，是報社記者根據自己在獄中採訪閻瑞生的筆記整理成書的。書中寫到閻瑞生在獄中見到自己母親時的情景。他說：

> 他特別愧對自己的母親。他是獨子，父親故去的又早，是母親把他拉扯大，很不容易。而他一直不聽母親的話。母親老早就規勸他戒賭，他總是置若罔聞，有一次母親氣急敗壞地罵他說，你這樣走下去，早晚你會自食其果。而今，果然中了母親的話，後悔已遲。在此我以待罪之身，也奉勸青年人一定要遠離賭場，莫被這種場所所誤，做出害人害己的錯事來。

閻瑞生被槍決的次日，大世界乾坤大劇場就刊發了新排時事劇《蓮英劫》即將演出的預告。伶人們經過緊張的排練，第三天便正式上演了這齣時裝京戲。二樓的小劇場則上演了文明戲《蓮英被難記》，觀者雲聚，座無虛席。第五天，漢口路的大舞臺也推出了一臺海派京劇《槍斃閻瑞生》，全劇分為上下兩本，分兩天演完。造成了更大的轟動，人們爭相觀看，幾乎一票難求。直到次年二、三月間，上海灘上有時一天之內同時有五、六家劇場上演這個同故事，有京劇、滬劇、蘇灘、話劇，可謂「家家閻瑞生、戶戶王蓮英，逢人說此案，笙歌唱滿城。」。

京劇名伶露蘭春　攝於 1920 年春

露蘭春，是民國初年名冠一時的京劇女老生。原籍山東，出身貧苦，自幼學戲，藝名露蘭春，十四歲加入寶來坤班，應聘到上海「天仙合記茶園」與著名坤伶林黛玉、粉菊花同臺獻藝，演出《碰碑》、《九更天》、《洪羊洞》等，一炮而紅。1919 年，加入共舞臺充任臺柱。1921 年，主演《槍斃閻瑞生》一戲，紅透申江。翌年，嫁黃金榮為側室。五年後離異，再嫁薛恒，正式脫離了舞臺生涯。1936 年 7 月因病逝世。

其中，以法界共舞臺演出的京劇《閻瑞生謀害蓮英》一劇最有號召力。這齣戲的演員陣容相當齊整，以當代紅伶露蘭春、筱月紅、小寶義、小香紅等人主演，唱做俱佳，蜚聲滬上，連演連滿，三個多月，上座不衰。露蘭春在「蓮英驚夢」一場中的唱段，設計得精緻流暢，抑揚頓挫，纏綿多情，甚是感人。露蘭春飾蓮英妹，淒婉地唱道：

〔二黃原板〕你把那冤枉的事對我來講，

〔二黃垛板〕一樁樁，一件件，樁樁件件，對小妹細說端詳。

〔二黄原板〕聽她言不由人珠淚雙掉，好一似萬把刀刺在胸懷。最可歎你死在那麥田之內，高堂上哭壞了二老爹娘。忍不住傷心事我難把話講，

〔二黄散板〕醒來時只覺得睡夢一場。

羅亮生在《戲曲唱片史話》裏講「據當時百代公司的張長福說，這張唱片打破了過去所有唱片的銷售記錄。即譚鑫培的《洪羊洞》、《賣馬》的一張為第一，其次是梅蘭芳。」

因為這張唱片發行的數量很大，一時間，「你把那冤枉的事對我來講」，滬上的婦孺童叟，幾乎人人都能哼上幾句。迄今在影視市場上，還能找到重新翻制的「驚夢」光碟，仔細聆聽，足以令人想像當年是劇的演出盛況。

露蘭春，是民國初年名冠一時的京劇女老生。原籍山東，出身貧苦，八歲喪父親，其母改嫁了一位寓居天津的揚州小商人。此人酷好京劇，常帶露蘭春到票房玩耍。蘭春非常聰慧，不幾日就學會了不少唱段。繼父見其可造，便讓她跟隨一位票友學戲。幾年後，便可登臺唱戲，師傅為她取名露蘭春，她也不知道自己原來的名字叫什麼。

1912 年，露蘭春十四歲時加入了天津寶來坤班演戲，首次登臺演出《文昭關》、《戰蒲關》等唱做繁重的老生戲，便已頗獲好評。同年 10 月，應聘來到上海「天仙合記茶園」與著名坤伶林黛玉、粉菊花同臺獻藝，演出《碰碑》、《九更天》、《洪羊洞》，一炮而紅。她的表演一向是以北方正宗、唱功老道、功底紮實，享譽上海。1919 年，滬上聞人黃金榮投資開辦的共舞臺修繕一新，露蘭春應聘充任臺柱。此時，她的武戲表演技藝也日趨成熟，遂以文武兼擅而聲名益赫，拿手戲不下百出，成為共舞臺的頭牌紅角。這一時期，正值閻瑞生一案事發，露蘭春便捷足先登，把這齣《槍斃閻瑞生》唱得天翻地覆，紅透申江。

臺上的戲演得熱鬧，臺下的戲也不消停。戲院的老闆黃金榮雖然有家有業，但對露蘭春早已垂涎很久，所以對這位當家主演份外關愛，可謂降尊紆貴，言聽計從。彼時，露蘭春也已二十一、二，對黃金榮的熱捧與呵護，亦心懷三分感激。她在演出《閻瑞生》一劇時，發生這樣一件事，才真正觸動了露蘭春的芳心。

彼時，浙江督軍盧永祥的兒子盧筱嘉常來劇場看戲，他對露蘭春也有追求之意，每天都帶著一幫下人坐在第三排座兒的正中間看戲。每當露蘭春上

場，他就狂呼海叫地一陣鬧騰，本意是想引起露蘭春對他的關注。不過，他是個外行，也不會捧戲，叫好常叫在不該叫的地方，著實令人討厭。有一次，露蘭春演「驚夢」的時候，這場戲原本低沉，充滿哀怨，唱者才能入戲，觀眾才能怡情。但是，這位大公子全然不顧這一套，露蘭春的一句唱，他一個人能連喊五個好，臺下莫不為之側目。露蘭春在臺上也是氣不打一處來，沒給他好臉色，白了他好幾眼。這可不得了，盧公子勃然大怒，順手就把一把茶壺扔到臺上去了，導致場內大亂。黃金榮的下手人也不知道這位盧公子的身份，呼啦擁了上前來，煽了盧筱嘉兩個大嘴巴。這一下可闖了大禍。大軍閥的少爺怎麼能忍下這口氣，沒過幾天，他又帶著幾個便衣軍警來到劇場，用槍把黃金榮抓進了龍華軍械處，關了起來。使這位稱霸一方的黃金榮竟然唱了一齣「跌霸」，顏面喪失殆盡。最後，還是由黃金榮的老婆林桂生與杜月笙一起想盡辦法進行疏通，才將黃金榮從號裏營救回家。這件事情也使露蘭春大為感動，必竟是為了祖護自己，黃金榮才遭此磨難。於是就下了決心，嫁給了比自己大上二十多歲的「保護人」了。

次年（1922），與黃金榮正式結婚，屈居側室，從此很少登臺演出。但是婚後沒過幾年，露蘭春與黃金榮的年齡畢竟相差太大，且又愛好不同，性格迴異，二人之間漸生芥蒂。露蘭春又愛上「顏料大王」薛寶潤的二公子薛恒。薛恒這個人性憨癡，他不懼黃金榮的勢力，大膽追求露蘭春，三天兩頭邀宴、送禮，還不斷地寫信求愛，真可謂鍥而不捨。正是這一點勇敢和執著，使露蘭春體會到真正的愛情，便有了許身之意。1925 年，她毅然與薛恒私奔而去。讓黃金榮大傷腦筋。雖然經過朋友們多方說合，但已是覆水難收了。對此，黃金榮顯出了豁達大度，便與露蘭春協議離婚。露蘭春再嫁薛恒，從此正式脫離了舞臺生涯。直到 1936 年 7 月病逝，再也未調管絃。這段名女人與名男人的婚變，也算是由演出《閻瑞生》一劇而引出的一段逸事了。

如今上海大境路露香園路一帶，舊時稱「九畝地」。彼時，九畝地的新舞臺亦不甘落後。在處處爭演《閻瑞生》的數月後，他們也排演了一齣連臺本戲《閻瑞生》。儘管推出得較晚，但一上來便鶴立雞群，與眾不同。場面之大、投資之巨，幾乎壓倒了所有的班社，也蓋過了坤伶露蘭春。僅布景一項就已大費周張。劇場重金聘請了首屈一指的「布景大師」張聿光，由他率領幾位弟子進行了實地寫生，特地繪製了「新一品香」茶葉鋪、福裕里外景、虹橋麥田、百多洋行、過街樓的轉檯、閻瑞生的家庭、賽馬會、跑馬場、會樂里妓院等大型景片兒，用燈光一照，簡真同真的一樣。同時，臺上還使用了最新科技，設計出奇巧的夢境，還有青浦大水景，添置了大型天幕和道具。配置了從西洋進口的五彩燈光、閃射追光和仿真的音響設備。大幕一開，觀眾如親臨現場。全劇出現的各色人物，除了部分有名有姓的之外，如嫖客、妓女、白相客、拆白黨、巡捕、員警、紅頭阿三、灰大褂、包打聽、騎士、馬夫、司機、小販、引車賣漿者流、五行八作之人，以及過場群眾不下百人之眾。其中，還穿插了「九音聯彈」、「真馬上臺」、「真船上臺」、「許多汽車、馬車兜圈子」、以及「閻瑞生泅水」、「蓮英顯魂」等各色花樣。在閻瑞生誘騙王蓮英一場戲中，還把一臺真的汽車開上臺來。種種新奇的表演和逼真的徹末，使臺下的觀眾看得目瞪口呆。這樣造成的轟動，使上海灘的戲迷們大快朵頤。一經報章宣揚，觀眾口碑傳頌，竟有特地從南京、武昌、蘇杭一帶趕來的觀眾，住在客棧裏，購賣黃牛票，以圖耳目之快。這齣戲最出風頭的演員便是著名「男旦」趙君玉，由他飾演王蓮英，汪優游飾演閻瑞生。二人在臺上如魚得水，演得宛如真人真事一般，使一樁舊案，歷歷重現。開演四個月來，夜夜爆棚滿座，未到開演的時刻，新舞臺的大鐵閘門早已死死地關上了。

趙君玉，本名雲麟。原籍安徽，生於上海的梨園世家。其父為著名武生趙小廉，在乃父的薰炙下，趙君玉的能耐之大，真可謂文武昆亂不擋。他幼年開蒙的時候，學的是花臉，稍長，又改學武生和小生。因長期與馮子和同臺合作，他對馮子和的唱、做頗有心得。於是，又改演旦角。年及弱冠，他在臺上有光有彩，漸露頭角。在「鬚生泰斗」譚鑫培來滬演出時，他便為這位大明星配演《珠簾寨》、《汾河灣》、《御碑亭》中的旦角，頗受譚氏器重。後來，他還與梅蘭芳合演過《五花洞》，從此聲譽日隆。

二十年代初，他受到夏月珊、歐陽予倩等人的影響，又愛上了時裝戲。閻瑞生一案的出現，他正在藝術上升的階段，《閻瑞生》一劇的成功上演，使他的聲名達到了登峰造極的地步。據說梅蘭芳數度南來，皆視趙君玉為畏途，有「如漢武帝之尹夫人與邢夫人之避面」，二人從不同臺。梅蘭芳在天蟾演出時，趙君玉特地休息一個月，藉以表示對梅蘭芳的謙讓。

煙畫《槍斃閻瑞生》戲劇人物（部分）　上海華成煙草公司於 1923 年出版

煙畫是附贈於香煙包內的小廣告，隨香煙流散到市井百性手中，是一種極為有效的宣傳品。《槍斃閻瑞生》一劇的火炙，也啟發了煙商的廣告意識，他們把劇中的各色人物一一印在煙畫上，廣為散發，使此劇更加深入人心。筆者收藏有全套作品，今特選數幀，以饗讀者，也是研究此劇的資料之一。

趙君玉在《閻》劇中飾演被害人王蓮英，扮齣戲來粉雕玉琢、光彩照人。腳下高跟鞋，身著入時的緊身旗袍，頭上、耳上、頸上、手腕上戴滿了首飾、項鍊、鑽戒、玉鐲，腳脖子上還戴上了一串足鏈兒，這是趙君玉的一大發明

（後來，上海的時髦女性都爭相傚仿）。這種化裝即符合王蓮英愛好炫富的人物性格，在臺上又是個活脫脫的「時裝大美人」。他一登臺亮相，頓時迷倒一大堆顧曲周郎和時尚男女。趙君玉會演戲，他能把身為「花國總理」的天生尤物的那種煙視媚行，藏於一顰一笑之間的那種楚楚動人之態，描摹得維妙維俏，入木三分。及至「麥田」被害一場，王蓮英面對兇手的那種驚恐無助、乞命乞憐，哀啼痛哭之狀，更是悲天憫人、令人酸楚。據說，有一次演到這兒的時候，臺下竟然跑上兩位闊太太來搭救他，情願把自己所有的首飾都交給閻瑞生，請求他留下蓮英的性命。這真是做戲做到了真處，看戲看到了入魔，一時傳為滬上美談。

趙君玉演王蓮英的時候，剛剛二十五歲，正是平步青雲的時候，但是他得意忘形，少於自恃，終被梨園「兩大禁忌」所毀掉。這一，就是煙；這二，就是色。先說「煙」，這「煙」不是香煙，而是大煙。他在演《閻瑞生》這齣戲是真的入戲，真演、真做，自然也就真累。僅「麥田」一場，蓮英苦苦求饒，就有數百句的臺詞，加之感情的投入，每每抬回後臺，久久緩不過氣來。在一些壞朋友的「關懷」下，他開始吸用大煙來提神補氣。起初為試用，到也似乎有益無損。久而久之，便自然成癮，據說演了半年《閻瑞生》以後，趙君玉就成了地道的癮君子。一天三頓，開始把大煙當飯吃了。

再說色。趙君玉本人極為重色，每出每入，必修眉整鬢，對鏡理妝，著衣戴帽，十分考究。杜月笙曾說：「天下美男子、美婦人的菁華都在趙君玉一身，倘為女子我必娶之。」他呼趙君玉為弟，趙君玉呼杜月笙為大哥。趙君玉更愛女色。每有演出，臺前臺後，鶯鶯燕燕，飛來飛去，常使柳暗花明，燈光失色。每有聚會宴飲，名閨名媛、太太小姐，擁其左右，處處春山含翠、秋水凝波。如是往往身於戲外，而心入戲中，假鳳虛凰，神交夢戀。在錦繡堆中，溫柔鄉里，不知不覺地已把皮囊淘空。

趙君玉不到三十歲的時候，煙容已露，嗓音開始咽啞，在臺上已黯然褪色，昔日風光已失，便不常登臺演出了。據說他數度結婚，又數度離婚。年近五十歲時，與比他小二十多數的名媛九雲姑娘結婚。為了吸到上等煙土，二人遠赴雲南謀生。在抗日勝利的前夕，這對鴛鴦竟然雙雙客死他鄉。陳定山先生寫有《趙君玉夫婦死難昆明》一文，藉以哀其一生。

趙君玉在《新茶花》劇中飾演辛瑤琴　攝於1918年

趙君玉（1894～1944）名雲麟。原籍安徽，出生於上海。為名武生趙小廉之子。初學已漸露頭角。與譚鑫培合演《珠簾寨》、《汾河灣》、《御碑亭》等戲，頗受譚氏器重。後與梅蘭芳合演《五花洞》等戲後，聲譽益隆。他演南派旦角戲宗法馮子和，演北派旦角戲學梅蘭芳。受夏月珊、歐陽予倩的影響，參加了時裝戲的演出，如《閻瑞生》、《新茶花》等戲稱盛一時。卒於雲南。

翻回來，我們再談《閻瑞生》這齣戲，在1921，這個故事還被拍攝成默片電影，在上海、南京、武漢、香港等地廣泛上演。《申報》、《新聞報》都刊登了中國影戲研究社在夏令配克影戲院放映新攝影片《閻瑞生》的預告，開頭便稱：

> 《閻瑞生》這齣戲，誰不愛看？影戲這個玩意，誰不歡迎？各舞臺上所演《閻瑞生》這本戲，都是敷延時刻，要連看二三夜工夫，才能看完，看客坐得腰酸腿痳，看了還不到一半，我們用最經濟的「法子」來做這齣戲，只費一次工夫，可以看完；而且座位舒服，定能使看客絕口稱好。
>
> 這齣戲共分十大本，是我們費了六個月的經營，幾萬元的資本，合了一百餘人的心血，的結晶，扮演的明星，都受過高等教育的青年；而且閻瑞生蓮英兩個角色，面貌都是一模一樣，尤其難得。

此片為楊小仲（原名楊保泰）編劇，任鵬華導演，拍成十本，名子仍叫《閻瑞生》，它是中國最早的、最長的一部故事片。公演後，也極為轟動。不及一周，便盈利三千。

總之，自 1921 年到 1925 年之間，閻瑞生的故事在舞臺上演出有四、五年之久。而後，才被更新的新聞故事戲所代替，如「陸根榮拐騙黃慧如案」、「軍閥褚玉璞槍殺劉漢臣案」等。如是《閻瑞生》才逐漸地淡出舞臺。

附：《頭本閻瑞生》係根據 1923 年王大錯編著《戲考》第十冊整理。見本書下卷。

《槍斃小老媽》——
《槍斃小老媽》與月明珠、老白玉霜

《槍斃小老媽》是一齣宣統元年（1909）的新聞時事劇，也是評劇初創時期的第一齣有劇本的「現代戲」，在大江南北唱了半個世紀。因故事內容涉及淫穢和兇殺，一向被列為評劇的「血粉戲」，直到 1948 年才被徹底禁演。

老北京一直流傳著一副用地名組成的對聯，上聯是：「密雲無雨旱三河，縱玉田亦難豐潤」；下聯是：「懷柔有道皆遵化，知順義便是良鄉」。對聯把北京周邊的幾個縣，密雲、三河、玉田、豐潤、懷柔、遵化、順義、良鄉，都巧妙地鑲在聯內。從這些地名內可以看出，早年間封建統治者對郡縣的命名是煞費苦心的。他們希望京畿周遭的臣民都應該是安分守己的良民。可就在宣統小皇帝剛剛繼位的節股眼兒上，離京師不遠的三河縣就出了一樁離奇的命案。一經小報和流言的渲染，就成了十分轟動的社會新聞。

三河縣的腹地橫穿著一條不寬不窄的泃河，在唐代，就以泃河為名設置了臨泃縣，隸屬潞縣（今通縣）管轄。到了開元四年（716 年），廢了臨泃改名為三河。從此，三河縣歷經唐、宋、元、明、清五朝和中華民國，一千多年來縣名未變。直到新中國成立以後，三河縣一度併入薊縣。

三河是個有名的窮縣，由為地理位置不好，非旱即澇，十年九不收。農民迫於生計，貧苦家的婦女多到京城裏去幫傭，為富家主奶孩子、做傭人，掙錢養家。在三河縣三百多個村子裏，出外當「老媽子」的無計其數，因此，落了個「老媽縣」的外號。早先，縣城城西的關廂一帶就有許多家「老媽店」，這些「老媽店」和京城的「老媽店」、「薦頭店」上下齊手，向有聯繫。高檔的

「老媽店」與城裏「奶子府」也有業務關係。不少親王府、貝子府裏的奶媽兒、女傭，也都是從三河縣招來的。

話說三河縣王家莊有個青年農民叫王柱子，他生得人高馬大，一身力氣，但楞頭楞腦、生性愚憨，外號都叫他傻柱子。五年前，從臨莊下窪子村娶一個名叫陳小丫的閨女成了家。這個小丫年剛十七、八歲，五短身材，相貌俊美，心靈手巧，又能說會道的，特別招人喜愛。剛一過門，這對小夫妻一個下地、一個主內，小日子過得到很甜美，村里人都說傻柱子有福，「賴漢娶花枝」嗎！

沒過一年，小媳婦便被縣裏「老媽店」的線人物色上了，架不住薦頭們甜言蜜語地忽悠，說到城裏既能開眼，又能賺大錢，這個小媳婦就動了心思，在薦頭們的組織下，與鄰村裏的媳婦們搭幫結夥地進了北京城。傻柱子捨不得叫媳婦去，捂著包袱往後退。小媳婦就連哄帶鬧地把傻柱子趕回了家。

刊行於清代宣統年間致文堂存版的評劇唱本《老媽開嗙》

《槍斃小老媽》一劇分前後兩個部分，前部為《老媽開嗙》，寫小老媽進京和還家後與鄉鄰們吹牛。後部則為《殺夫》《會審》和《槍斃》。後部戲因有兇殺淫亂，時常遭禁。前半部充滿鄉土氣息，流傳更廣。

小媳婦一進城就讓北京城富麗堂皇的建築和熱鬧繁華的市面兒給吸引住了。從來沒進過城的鄉下人這回可真的開了眼，高興得眉開眼笑、合不攏嘴。北京的「老媽店」看上這小媳婦俊俏玲利，就拍著胸脯說，一定給她找個好主兒。

可巧，住在北京東城竹竿胡同的前清宗室關大爺家裏要雇一個老媽子，關大爺還親自到前門外「老媽店」來物色人選。可巧，一眼就看上了陳小丫，他當場塞給店掌櫃的一個紅包，雙方就寫了鋪保文書，當晚就把陳小丫帶回家去了。這位關老爺說是清室的宗室，祖上給順治爺扛過大旗，但到了他這輩兒早就出了五服之外了。變法之前，家中還有點「鐵杆高粱」的進賬，可一變法，親朋友好也都老西兒拉胡琴——自顧自了。關大爺行三，現年四十多歲，老伴吃大煙不管閒事，膝前又無兒女，只是櫃中還有幾個閒錢兒，一時尚無吃穿之憂，但家門人丁冷落，比起破落戶來，還算是個小康。原想再娶一個小，但讓革命黨鬧得兵荒馬亂，心緒不寧，就合計著不如先物色個小老媽，來侍候侍候自己，應應景兒。

早先，旗人是隨皇上一起進京的，有功勞，居於統治地位，自視極高，陋習也頗多。有錢人娶媳婦，都帶個「通房大丫頭」。「通房大丫頭」的身份在宅門裏的地位很特殊，說她是下人，但可得陪主子上床睡覺；說是小妾吧，可又沒有這個名份。在旗人裏邊，有的主子與老媽子有些不清白的事兒，人們也都熟視無睹，不以為怪的。在當年「老媽兒」這一行裏，向來就有「上炕」和「不上炕」之說。按「薦頭行」裏的說法：「我們幹中介的，只做幫傭的鋪保，掙的也就是點兒薦頭錢兒。入戶以後，出了什麼事兒，與櫃上無關。這一層在文書上一向寫得明明白白的。」

關大爺一看小老媽人長得挺俊，手腳又很麻利，少不得就動了心思。小媳婦一進關家大門，見有花有草，乾淨整潔，打心眼裏就喜歡。再進垂花門，兩邊是廊子，中間院子裏支著天棚，屋前有石榴樹、金魚缸，與鄉間的竹籬茅舍、雞屎牛糞，大相徑庭。正房三間、一明兩暗，東、西廂房，窗明杌淨，床榻茵陳、帳幔生香；與自家的磚坯土坑，瓦甕繩床，如何同日而語。再看關大爺雖然頭頹鬚長，身子骨兒不強，手中還抱著一杆煙槍；但是，乾淨斯文，善解人意，而且大奶奶啥事不管。老媽一見面，就把一串鎖匙交給了自己，家中的人口又簡單，也真有可痛之處！當天晚上，關大爺就把小老媽哄得五迷三道，又是給錢，又送衣裳。一翻身，就把她掀翻在炕沿兒上了。小老媽雖說沒見過外邊的世面，在炕上倒是個行家裏手。心想自己也不是個不開竅的大姑娘，還怕什麼二次投唐。就這樣，二人各有所圖，勾搭成奸。對外明為主僕；私下裏已是一對鴛鴦。

如此一幌四年半，小老媽在關家儼然成了當家主婦，身上穿的是陰丹士林，吃著白米細麵，早已樂不思蜀了。傻柱子在家思妻心切，久盼不歸，摁捺不住，就在年底騎上毛驢進了北京，接小媳婦回家過年。小老媽久處繁華，又與關大爺曖昧難分，打心眼裏不願歸省，少不得對柱子冷言冷語，拿班做科。傻柱子死活不依，聲稱：「你要不走，我就碰死在這裡」。小媳婦怕柱子認真使性，才難離難捨地找關大爺算帳辭活。關大爺也捨不得她走，多給了小老媽不少工錢，囑她早去早回。

評劇創始人成兆才畫像

成兆才（1874～1929），河北唐山灤南扒齒港鎮繩各莊人，字捷三（又作潔三），藝名「東來順」。評劇創始人，近代傑出的劇作家。一生創作評劇劇目甚豐，有《槍斃小老媽》《殺子報》《黄氏女遊陰》《花為媒》、《杜十娘》、《王少安趕船》、《占花魁》等。作品良莠不齊，但瑕不掩瑜，貢獻巨大。

就這樣，小老媽跟著傻柱子，騎著毛驢回了三河。到了家中，四鄰故舊紛紛前來探看，見小老媽穿金戴銀、莫不羨慕。圍著求她講述皇都勝景。小老媽得意洋洋，信口開河地講了個天花亂墜，俗稱「小老媽開嗙」。這「嗙」字，音 bēng，在《辭海》中的解釋原為古代的舞曲名，見自《史記．司馬相如傳》:「嗙喻宋蔡」。另一解釋則為喝叱聲。但是，如果念上聲 pǎng，則如《方言集匯》所解，為自誇，吹牛。顯然「開嗙」二字係三河當地的土語，大概就是「昏天地黑地吹牛」。裏邊的唱詞特別有意思：

> 北京城方圓占著六七百里地，前門樓子是座廟高可上天梯。周圍鑲的都是貓呀貓兒眼哪，地上的磚頭都是金子打的。皇上八尺多高是個黄胖子，娘娘的身長也有六尺一，俺們家到皇宮內赴過宴，吃的是山珍海味、龍肝鳳膽、滿漢全席。太后認我當乾閨女……

小老媽口無遮攔地海「嗙」一通，「嗙」得人們啼笑皆非，前仰後合，使臺上臺下的人都笑成了一團。

過完年後，小老媽就急著要返京開工，與關大爺重續舊好。但是，傻柱子天天抱著她，不讓成行。小老媽見不能脫身，就想起在北京時，關大爺曾與她一起商議好的計策。趁夜晚，備下了一桌酒菜，小老媽假裝親密，殷勤勸酒，將傻柱子灌醉後，用麻繩勒頭，又將一枚七寸的鋼釘釘入傻柱子的頭內，使柱子當即斃命。小老媽使出全身力氣，把柱子的屍身藏於後院的乾草堆內。然後，就隻身乘驢連夜回了北京。見了關大爺，聲言傻柱子已死。關大爺挺高興，沒兩天便明正言順地娶了小老媽，做了小妾。

編劇的人在這裡使用了傳統的處理方法，說傻柱子被害以後，陰魂不散，給二伯父王萬昌託了一個夢，在夢中哭述了自己被害的經過。王萬昌醒後大驚，翌日，便在柱子家的後院裏找到了他的屍首。遂具狀告到了三河縣縣衙。當時的縣長叫陳翰章，是個新學堂畢業的新派人物，講究科學辦案，親自前往王家莊驗屍屬實。隨後，具文轉呈京城司法管轄地宛平縣警察署。署長孫玉峰見文，雷厲風行，依照線索先抓了三河縣城關「老媽店」的掌櫃。依其所供，又抓了北京前門外「老媽店」的薦頭陳劉氏。從薦頭的嘴裏，審出關大爺家中的住址，派警察執械到東城竹竿胡同，將小老媽和關大爺一併拿獲。隨後，經三堂會審，定讞判罪，將小老媽和關大爺一起槍斃。

相傳，這齣戲是評劇祖師爺成兆才所編。成兆才是個傳奇人物，他於清同治十三（1874）年十一月十二日，誕生在河北唐山灤南縣繩各莊村的一個貧苦農民家中，祖父、父親均為長工，家境貧寒，時常缺衣少穿。但是，成兆才自小聰明，擺弄橫笛、板胡，無師自通。歷年鄉間辦花會，鄉親們都爭著看他扭秧歌、吹鎖吶。他想讀書識字，經常偷聽村塾先生講今說古，很快就學會了《百家姓》、《三字經》、《千字文》等啟蒙讀本。閑暇時以樹枝代筆、以沙為紙，練習寫字，由此粗通文墨。十八歲時，他拜了蓮花落藝人金開福（金長腿）為師，學唱蓮花落，以行乞賣唱為生。因為他唱得好，又能創新編詞，很快就成為一名有點名氣的男旦，深受灤州鄉村集鎮群眾的喜愛，藝名「東來順」。

民間剪紙《傻柱子接媳婦》

《小老媽》的故事在冀東、京、津、唐一帶流傳極廣，是廣大農民喜聞樂見的題材之一。流行於廣大農村的木版年畫、剪紙，農民畫，對這一題材格外關注，半個世紀以來，在農村創作出無數的藝術作品。

光緒三十四（1908）年，光緒、慈禧相繼駕薨，全國禁止唱戲，蓮花落藝人陷入絕境。恰在此時，三河發生了「小老媽害死傻柱子」的命案，一傳十、十傳百地轟動了四鄉。成兆才靈機一動，產生了把此事編成戲唱的念頭。他會同了同行任連會、杜知義（金菊花）等人，湊在灤縣吳家坨張德禮家中，一起琢磨把它串成大戲，學習梆子，使生、旦、淨、丑湊成一堂。大家都覺得主意不錯，就你一句我一句地攥了起來。最後，由成兆才執筆匯總。他們在保持蓮花落舊風格的基礎上，吸收了秦腔、樂亭大鼓、灤州皮影的板調，使不同行當各有自己的唱腔。將這件新聞故事添油加醋、增其首尾，不到一個月就把戲排了出來。就此，組成了京東慶春班，在灤縣吳家坨正式出臺亮相。一貼《槍斃小老媽》，由青年演員任善豐、成國禎、金開芳等人主演，頓時聲傳百里。

這個任善豐就是頂頂大名的「月明珠」，他演的小老媽一出場就紅得發紫。前後共演了半個多月，臺前人山人海，萬頭攢動，十里八鄉的人扶老攜幼全來觀看。整個吳家坨成了廟會一樣，每當散戲回家，人們打著的火把，可以逶迤數里之遙。從此，京東慶春班的大名不脛而走，遂被唐山「永盛茶園」邀去常駐。成兆才又把蓮花落常唱的《對金瓶》、《王定保借當》、《王少安趕船》、《指花為媒》等折子小戲，也改成了成本大戲，就此越演越紅。人們給這個新劇種起名叫唐山落子或平腔梆子，也叫「蹦蹦戲」。

有一位頗有眼光的老儒向成兆才進言說：「自古大將出師，必先正名，名正則事順，名宏則事彰。而今，落子和梆子之名已過於愚腐，且易與其他諸班混同，故宜改用新名。竊以為，京劇得『京』字而彰顯，貴班之戲可用『平』字，亦會借地利之功。」成兆才聞之，以為所言甚是，於是就改「平腔梆子班」為「平劇」班社。後來，老白玉霜率團到上海演出時，復經老報人建議，又改「平劇」為「評劇」，一直傳用至今。論及評劇發展史，成兆才編的、月明珠演的《槍斃小老媽》，便是評劇的開山之作。

這齣戲的敗筆糟粕很多，但它以生活氣息濃鬱、聲腔流暢的特點，和懲惡揚善、警化世人的內容，還是贏得了城鄉各界人士的讚譽。時人以月明珠主演的《小老媽開嗙》、《馬寡婦開店》、《指花為媒》、《獨佔花魁》四劇，可與名赫劇壇的京劇大師劉鴻聲的「三斬一碰」相媲美。評劇班在天津演出時，門票由三個銅板一下漲到十個銅板，敢與京腔大戲打對臺，使評劇逐步發展成有影響的地方戲，建成開山之功。

成兆才在其三十多年的從藝生涯中，一共創作和改編了九十多出戲。原中國評劇院院長胡沙在《評劇簡史》中說：

> 大部分是優秀劇目，其中還包括久演不衰並且搬上銀幕的《杜十娘》、《花為媒》和《楊三姐告狀》等。也有不少劇本，由於當時歷史的侷限……是夾雜著一些封建迷信和因果報應的消極因素的。

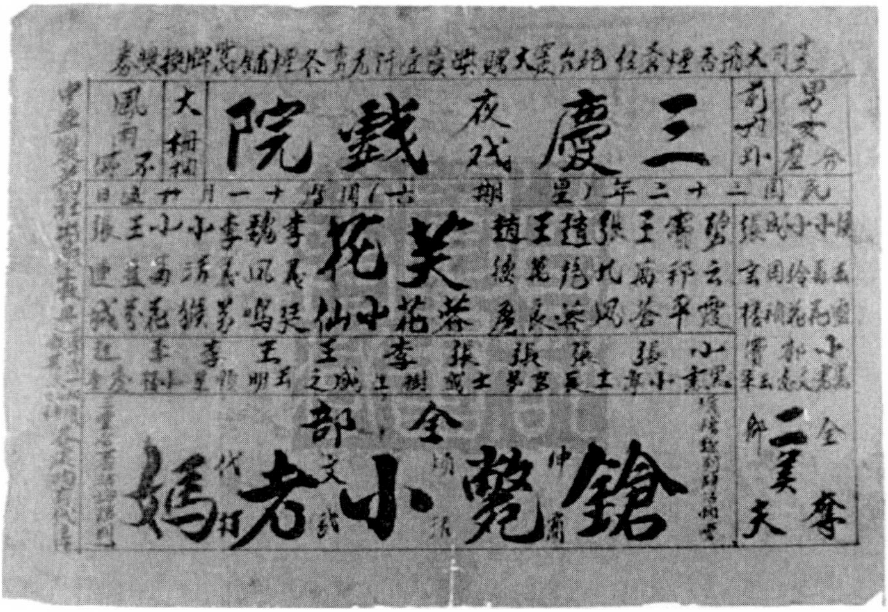

上世紀二十年代評劇《槍斃小老媽》老戲單

這是一張民國二十二年 1933 十一月二十日夜場，評劇班社在北京大欄柵三慶戲院演出文武帶打《全部槍斃小老媽》的老戲單。主演為評劇著名坤伶芙蓉花和花小仙。配角有碧雲霞、趙豔蓉、王萬良、李義廷等。前場墊戲為《全部二美奪夫》。以前評劇被視為「小戲兒」，只能在天橋一帶的小園子裏演唱。而此時評劇班進了還處在「男女分席」時的前門大戲院演夜場，足見這齣戲的叫座能力之強。

例如《槍斃小老媽》一劇，其前半部的唱詞很樸實精彩，道出了貧苦農婦的艱辛：

> 想起那當老媽好不傷情，都只為遭水災逼得我進了京，起早睡晚是多麼地勞碌，每日裏做活計手腳不消停，掙工錢掙零錢餘下幾千個大仔兒，小當家拉毛驢接我回家中……

其中，也不乏農民小夫妻的歡快情調和生活氣息，唱腔用的是［嗩吶牌子］和［太平年］，充滿鄉土氣息，深為城鄉百姓喜愛，流傳甚廣。但是，其中的糟粕也特別多。最早又都是男演員演出，茶樓、酒肆、野臺子，都是男人們取樂的場所，所以，戲中的淫穢臺詞和過度誇張的表演，有許多令人不堪入耳，不堪入目的東西。例如，小老媽詈罵傻柱子長的那個玩意兒，「像個棗木棍子門門扛，榆木的扁擔拴驢的橛；辦事沒個溫存的勁兒，沒死沒活地往裏楔」。在《開嗙》時，誇城里人辦事兒「怎麼就是那麼認真那個細呀，點著大燈幹活兒看得全，生出的兒子白又胖，長大了聰明又招人喜歡。可咱鄉下人真封建，黑燈瞎火地向被窩裏鑽，生出的孩子都是糊塗蛋，斗大的人字也認不全。」這些七葷八素的昏話，不少都進了「三不管」、天橋的葷口場子，流毒甚廣。直到後來，評劇的坤角陸續登場，這些黃色的臺詞兒才被慢慢地淘汰了。

上世紀二十年代，評劇女伶的出現，代替了男旦「月明珠」、金開芳、孫洪魁（藝名「丁香花」）等人的表演，使舞臺人物造型更加逼真，更富於美感，增強了評劇的表演藝術魅力，對評劇的發展也起到了促進作用。三十年代前後，評劇班社如雨後春筍般地紛紛而起，著名的有「鳳鳴戲社」，「警世戲社」、「復盛戲社」、「金花玉班」、「洪順戲社」等，聲勢都直逼京劇大班。享有盛名的評劇女演員李金順、花蓮舫、碧蓮花、白玉霜、芙蓉花、愛蓮君等人的崛起，使評劇舞臺鶯歌燕舞，流派紛呈，劇目也更加豐富多彩。儘管如此，《小老媽》一劇仍然久演不衰，當紅的女主演們也無不演唱，有時，還要靠它「打地叼草」哪！。

《小老媽》自 1909 年搬上舞臺，先是在冀東、京津、東北等地上演。而後，隨著評劇的發展，迅速傳遍全國。有的還把它改編為「二人轉」，評書、單口相聲，滑稽、河南墜子、呂劇、梆子等，四處上演。我們從侯寶林的對口相聲《三棒鼓》和「大狗熊」的二人「雙簧」來看，就可以推想這齣戲的普及程度。「雙簧一上臺，臉上抹點白，頭上戴朵花，好像天津衛的小老媽，走一走，扭一扭，撲嗵！一個大跟頭！」「小老媽」似乎成了一句專門糟蹋人的話。尤其，市場上剛一出現留聲機，百代公司就為李金順、花蓮舫等人灌製了《小老媽開嗙》，在全國發行，一直賣到了越南、緬甸、新加坡。大街小巷處處響起了「小老媽在上房打掃塵土把您哪！打掃完東屋裏打掃西屋裏，哎拉套間屋裏」的唱腔。天津楊柳青、山東濰坊的大大小小的年畫鋪子，都把「小老媽」印成五彩年畫，一直銷到了呼河浩特、海拉爾。上海世界書局還印了好幾套《槍斃小老媽》的「小人書」，一上市，就被哄搶一空，竟至洛陽紙貴。

但是，這齣戲中的小老媽和傻柱子都出自三河縣，這種指名道姓的演法，給三河縣的形象造成了極其惡劣的影響，嚴重地傷害了三河人的自尊心。「老媽縣」成了譏諷三河的代名詞，讓三河人吃盡了苦頭，到處被人歧視，連外出做生意都被人私下裏嘲諷。民國政府派到三河縣當父母官的，在同僚面前也都抬不起頭來。三河縣要改名稱也不行，縣裏一位有名的老儒，從《三河縣志》第十六卷中翻出來晚清進士、南開大學創始人嚴修的一句詩文：「吾祖吾親逮我身，泃陽曾閱幾年春」。從中鉤沉起唐代曾在此設泃陽縣的歷史。於是，就倡導人們可以重新使用這一名詞。因此，舊時大凡三河縣外出的人都說自己是泃陽人。在二十世紀上半葉，「泃陽」二字就成了三河縣人約定俗成的稱謂了。

三河縣在回擊評劇《槍斃小老媽》對他們的損害時，採取了很多措施。自民國初年起，全縣一致抵制蓮花落、蹦蹦和評戲，不但不准演有關「小老媽」的戲，甚至不准評劇班（蹦蹦班）入境。「敢有冒然入境的，鄉人可以用棍棒驅出。」

評劇《槍斃小老媽》劇照，左為小老媽，右為闊老爺。攝於上世紀三十年代

三十年代，評劇女伶登上舞臺，女演員李金順、花蓮舫、碧蓮花、白玉霜、芙蓉花、愛蓮君等人崛起，使評劇舞臺流派紛呈，劇目也更加豐富多彩。儘管如此，《小老媽》一劇仍然久演不衰。

三河縣縣政府還多次具文呈請兄弟縣和天津衛、北平市政府為三河縣正名，禁演《小老媽》這齣戲。有一時期，這種呼籲還真的起了作用。例如，在天津民俗史料中還能查到民國初年，天津「三不管」驅逐成兆才「平腔梆子班」的記錄。在北京市檔案館舊存的《民國檔案》中，也能查到北平市戲曲審查委員會對《槍斃小老媽》、《珍珠衫》、《逛小河沿》等戲「分別禁演」的文告。（見北京市檔案館藏「北平市社會局」檔案［J2-3-100］號《1933 年 2 月 15 日戲曲審查委員會的辦事員陳保和呈文》）

1934 年，南京國民政府正在全力推行「新文化」運動，「淳民俗、倡風化」，大掃「黃、賭、毒」和社會不良習俗。北平市長袁良遂以老白玉霜在北平演出《拿蒼蠅》、《槍斃小老媽》等「淫粉」戲為口實，整頓文化市場。他曾親自批示，將老白玉霜遞解出境，不准她在北京唱戲，藉以「敲山震虎」，「殺雞給猴看」。這件事也成了當時的一大新聞。據白玉霜的女兒筱白玉霜在《回憶錄》中寫道：

> 以我母親的名字構成社會新聞的事件很多，大約最轟動一時的是 1934 年，被北平市長袁良驅逐出境的一樁事了。據說，頭天正在廣德樓演過《貧女淚》，那也算不得是壞戲，寫的是兩妯娌一貧一富，在婆家受到的待遇不同，也是那時候流行的有點控訴意味的戲。第二天早上忽然來了幾名背槍的警察，手拿公文，也不鬆手，只指給我母親和舅舅看，說是市長不讓白玉霜在北平演戲了，因為她的戲演得有傷風化。什麼地方有傷風化？往後改了行不行？都不容分說。而且十分火急，必須當時上火車回天津。和園子訂的合同、全團的損失怎麼辦呢？我母親急得哭也哭不出來，舅舅陪她上了火車站，警察一路押送他們。到豐臺警察才下車。就好像我母親是什麼瘟神，把她送出境外才能保證本地太平似的。她在戲裏當過女犯人，在生活裏當過這樣角色也不只這一次。

這些措施對限制「小老媽」的泛濫，曾起到了一定的抑制作用，在大城市中，不少班社在貼演「小老媽」時，就只演《老媽進京》和《老媽開嗙》兩折，不再演《會審》、《槍斃》了。當然，在農村鄉鎮的社火廟會的野臺上，天高皇帝遠，《槍斃小老媽》依然照演不誤。而且鄉下人特別愛看，禁而難止。直到解放以後的 1952 年，管轄冀東、河北一帶文化建設的中國共產黨熱河省文教廳給中央文化部打了一份報告，正式申請「在全國範圍內禁演《槍斃小老媽》一劇」。這一報告受到了文化部的重視，於三月七日，以中央文化部的名義下達文件，通報全國，「同意熱河省文教廳報請禁演全部《小老媽》的意見」，並將《老媽開嗙》也包括其內。從此，這齣評劇的開山之作，便從舞臺上消失了。

1948 年 11 月 23 日，《人民日報》曾發表過《有計劃有步驟地進行舊劇改革工作》的社論，社論指出：

> 我們對於舊劇，必須加以改革，因為舊劇也和舊的文化教育的其他部門一樣，是反動的舊的壓迫階級用以欺騙和壓迫勞動群眾的一種重要的階級鬥爭的工具，我們不需要欺騙與壓迫勞動群眾，相反，我們要幫助和鼓勵勞動群眾去反對與消滅這種欺騙與壓迫，所以我們對於舊劇必須加以改革。
>
> 廣大農民對舊戲還是喜愛的，每逢趕集趕廟唱舊戲的時候，觀眾十分擁擠，有的竟從數十里以外趕來看戲，成為農民生活中的重大事件。在城市中，舊劇更經常保持相當固定的觀眾，石家莊一處就有九個舊戲院，每天觀眾達萬人，各種舊劇中又以平劇流行最廣，影響最大。

所以，改革評劇是「戲改」的當務之急。當然，既要改革，又要考慮民眾的審美趣味和民間傳統，1949 年成立的中央人民政府文化部，還專門設立了戲曲改進局戲曲改進委員會來組抓這項工作。當時北京市文化局聘請的理事、著名評劇藝人鮮靈芝（已故）回憶說：

> 作為老一代的評劇藝人，我們對於新社會是很有感情的，大家都嚮往新生活，人人都要求進步，向新文藝工作者學習、靠攏。我們更生評劇團也進駐了黨代表，在她的指導下，我們還把《夫妻識字》、《兄妹開荒》搬上了舞臺。改編舊戲也是個重要的事兒。當時我與筱玉鳳在一個團，她改編了《馬寡婦開店》，我改編了《小老媽開嗙》。在指導員的幫助下，我們用階級分析法，先分析戲中各個角色都是什麼階級。像馬寡婦、小老媽、傻柱子都是貧下中農，都是被『三座大山』壓迫下的受苦人，在舞臺上不能醜化他們的形象。而狄仁傑、闊大爺都是剝削階級、地主老財，他們只會幹壞事，壓迫人民。當初張夢庚（市文化局幹部）給我們開會時說，唱戲、改戲都要有覺悟，有無產階級感情。當時，我團的編劇就把小老媽和

傻柱子都改為受害者。闊大爺要霸佔小老媽，小老媽不從，把這件事告訴了柱子。柱子氣憤不過，將闊大爺暴打了一頓，而後，用毛驢駝上小老媽一起罷工而去。我記得當時指導員說，改得不錯，可以排排看。可是，沒過多久，就接到了文化局的通知，說《小老媽》和《馬寡婦開店》是壞戲，今後不用改了，也不要演了。不久，上邊就拿來了《小女婿》和《小二黑結婚》的本子，讓我們團抓緊排。我們也覺得這些新戲比《小老媽》強多了。

當時，這種由藝人著手，用「革命」的方法改戲的事情很流行。例如，有的劇團改編《拷紅》時，貧下中農出身的紅娘忍無可忍，奪過老夫人手中的「家法」來打老夫人；有的劇團演出《新牛郎織女》，讓牛郎織女團結起來，奮勇反抗，殺上了天庭，與王母娘娘鬥爭到底。但是，這類戲上演後並得不到觀眾的認可，不久也就不演了。

附：《全本槍斃小老媽》劇本，根據民國初年市井刊行的小唱本整理。請見本書下卷。

《槍斃劉漢臣》——
從《槍斃劉漢臣》談到褚玉璞和《秋海棠》

《槍斃劉漢臣》這齣戲的名字，正確的說，應該叫「槍殺劉漢臣」。因為劉漢臣是受迫害的，他不是壞人，也沒做過什麼見不得人的事情，但他被人潑了一身污水，又安上一個「勾引良家婦女」的罪名，慘遭軍閥殺害。在上個世紀二十年代末期，不少戲班把這個真實的故事編成戲劇上演，其慘烈悲淒的哀痛，令人不忍猝睹，當時的輿論稱這齣戲是「現中國第一悲劇」。

劉漢臣是民國初期的一位小有名氣的京劇演員，原藉為天津直隸故城縣人。生於光緒二十八年（1902），其父親鄭長泰，是有名的武生演員。因為擅演猴戲，時有「賽活猴」的美稱。鄭長泰一共有四個兒子，長子文魁、次子文美，漢臣行三。三十年代著名的南派武生鄭法祥，是他第四個兒子。那麼，為什麼文魁、文美和漢臣三兄弟姓劉呢？這裡有個緣故，鄭長泰幼時家境窮苦，是由伶人劉天仰撫養，並送他進科班學梆子，二人情同手足。長泰藝成之後，劉天仰則抱病謝世，而乏嗣無後，身後淒涼。鄭長泰不忘舊恩，便將自己四個兒子中的三個改姓從劉，來為劉天仰傳宗接代。故而，文魁、文美和漢臣就都姓劉了。劉漢臣是在上海出生的，自幼隨父學藝，也練得一身好功夫。他的嗓音十分難得，高亢洪亮，無人能比，多高的弦兒他都能上去。加之家學淵源，鄭長泰督學有方，技藝進步極快。由於當時梆子已顯頹勢，他就改學京劇，學的是潘月樵，且拜了潘月樵為乾爹。潘亦喜愛這個義子，天資聰明，悟性極高，便傾囊以授。不管什麼戲，他一學就會，會了就能上臺。漢臣長到十四、五歲時，已經腹笥滿盈，武生戲、文武老生戲都能拿得起來，而且演得極好。他父親便帶著他們兄弟加入南市九畝地的新舞臺班，借臺演戲了。

小漢臣從龍套演起，不到兩年就升為主角兒，十八歲開始挑大樑。他在新戲《臥薪嚐膽》中有幾手絕活，甚為叫座。還能拉上一手好胡琴，在《十八扯》、《花子拾金》、《盜魂鈴》等獨角戲裏，能自拉自唱，生、旦、淨、丑，崑、亂不擋，備受觀眾歡迎，從此名聲噪起。不少名伶都願意與他合作，從老戲單上，我們能看到歐陽予倩、琴雪芳等名家，都曾與他有過合作。因為劉漢臣死得早，沒有留下什麼照片和劇照。最近，筆者在《百年長沙老照片叢書》中，發現一幀 1925 年，劉漢臣在天津演出京劇《打魚殺家》的劇照，劉漢臣飾蕭恩，歐陽予倩飾蕭桂英，雖說照片已經發黃變色、模糊不清，但仔細端詳，彼時的劉漢臣已有了「大角」的模樣。現將照片附於文左，以供讀者緬懷。

劉漢臣年及弱冠的時候，已出落成一名翩翩佳少年，眉目清秀，唇紅齒白，一米七零的個子，臺上臺下，一戳一站，相貌堂堂，玉樹臨風，人都說呂布再世，人見人愛。他的父親一看兒子已成氣候，自己就不唱戲了，一心一意要輔佐兒子成名，就當起了漢臣的後臺管事和前臺經濟了。

漢臣二十歲時，他父親怕他心有旁顧，早早就給他娶了媳婦，算是成家立業了。漢臣的一切演出業務，都是他父親一手張羅，一切收入也由他父親一總管理，好似譚小培管理譚富英的辦法一樣。

自 1926 年春日起，在劉父的組織安排下，劉漢臣一班人離開上海，一路上行，先後在長沙、蚌埠、徐州、開封、洛陽等地演出，成績堪佳。到天津的時候，已近十月。天津新明大戲院的成班人趙廣順，與劉漢臣的父親有師徒之誼，早在一年前，二人就談好了這次演出。一到天津，班底兒就住進新明戲院的後臺。劉漢臣和幾位主演住進離劇場不遠的大新旅館。而後，在趙廣順和前臺經理的陪同下，漢臣在天津拜客三天，接著就打泡開戲了。頭一天是一文一武的雙齣，即《十字坡》和《打金磚》，賣了個滿堂。第二天，還是一文一武的雙齣，《擊鼓罵曹》和《兩將軍》，又賣了個滿堂。第三天演的就是他們自己新排的連臺本戲《濟公傳》。這齣《濟公傳》是「海派」風格，允文允武，格外火炙熱鬧；配以機關布景、燈光彩頭，使天津的戲迷大開眼界。就這樣，這齣戲一本連一本的演下去，一唱就是二十多本。就此，劉漢臣的大名轟動津門，老幼婦孺，無人不知。他們在新明大戲院連演三個月，上座不衰，票價還漲了一倍。

彼時，軍閥褚玉璞剛剛進駐天津，出任直隸軍務督辦兼直隸省長。褚玉璞土匪出身，憑藉張作霖的勢力，手握重軍，飛揚跋扈，不可一世。他有一位正室，這兩年，又從各地的窯子裏梳攏了三個妓女做姨太太，全都住在法租界的大宅門裏。褚玉璞能管兵，但管不了家，平日裏妻妾鬥法、是非不斷，醋海波瀾，無一寧日。

《打魚殺家》劉漢臣飾蕭恩，歐陽予倩飾蕭桂英　攝於 1925 年（選自百年長沙老照片叢書）

安國軍第七方面軍軍團長褚玉璞

褚玉璞的四姨太年紀最小，一十六歲，名叫小青，最受褚玉璞的寵愛。小青持驕成性，事事任性而為。她愛聽戲，就整日泡在戲園子裏找樂子。自從看了劉漢臣的《濟公傳》之後，便對劉漢臣產生了好感，幾乎場場必到。她還常在女僕的陪同下，到後臺去玩，看劉漢臣的化裝和卸裝。戲班裏的人都知道，她是褚督辦的寵妾，誰也不敢怠慢她，但誰也不敢接近她，怕惹事非。劉漢臣對她也是虛以應酬，敬而遠之。小青雖說已經做了姨太太，可她還是個涉世未深的青年，總想親近漢臣。可劉漢臣循規蹈矩，從來沒有接近過這位稚氣未脫的少婦。直到死的時候，劉漢臣也叫不出她的姓名來。

漢臣有個師弟叫高三奎，是個二路丑角，平時就是個愛說愛動的挑皮鬼。

小青到後臺玩的時候，別人都四處躲閃，唯獨他滿不在乎，總是伴隨左右，有問必答地獻殷勤。小青想學唱，他就給抄詞兒；小青要劉漢臣的照片，他就不加思索地把漢臣的劇照送給她。

一恍兩個月過去了，1927 年元月一日，漢臣一行應第一舞臺的邀請到北京去演出。大清早，這位四姨太就坐著黃包車趕到火車站，親自為他們送行。在場的小報記者正抓新聞，就把這一場面拍了下來，刊登到第二天的報紙上。為了譁眾取寵，還特意寫了些隱晦影射的文章，加油添醋地渲染一番。這一天，恰好褚玉璞視察軍務返回天津。一回家，不知哪房有心機的姨太太，就把這張刊登「四姨太為劉漢臣送行」的報紙，放在了他的辦公桌上。褚玉璞一見，勃然大怒，轉身衝進小青的繡房，又發現一張劉漢臣的照片擺在小青的梳粧檯上。褚玉璞的匪性大發，叫出小青和女僕來嚴詞審問。小青執意不答，女僕膽小，便把上街看戲和去後臺玩耍的事兒全盤托出。褚玉璞火冒三丈，堅稱小青與漢臣必有姦情。當即掏出手槍，一槍就把小青打死在屋內。

褚玉璞餘怒不息，又用電話責令直隸省會軍警督察處處長厲大森抓捕劉漢臣和高三奎。厲大森不敢怠慢，馬上派警察連夜趕赴北京。彼時，劉漢臣和高三奎正在臺上唱戲，還未卸妝，就被警察從後臺綁走，連夜押回天津。

這件事見著報端後，輿論大嘩，報界連篇追訪，不得要領。戲劇界同仁也千方百計地設法營救。北京戲劇研究會、天津工商聯合會等社會團體紛紛出面具保，梅蘭芳、尚小雲等人亦聯合一起，致書張宗昌和張少帥，懇其出面斡旋，刀下留人。結果，這個嗜殺成性的褚督辦更加惱怒，於元月十八日密令厲大森，以「新明大戲院伶人劉漢臣、高三奎假演戲之名，宣傳赤化」的罪名，將劉、高二伶「就地正法」。據說在執法前，厲大森問劉、高二人「還有什麼話留下？」劉漢臣怒目圓睜，質問厲大森：「我犯了什麼罪？我要見我的母親。」厲大森沒有回答，向行刑兵一揮手，槍聲即起。子彈從劉漢臣的小腦穿入，由右額前飛出，當即斃命。次日清晨，新明大戲院經理趙廣順接到督察處送達的通知，遂邀集了前臺的幾名師兄弟，將劉、高二人的遺體從督察處後門領出，草草裝殮，葬於天津梨園義地。劉漢臣的家人悲痛欲絕，但哭訴無門，全劇就在哀怨衝天的悲憤中閉幕了。

不過，這齣戲與真實事件還是多少有些出入的。一是褚玉璞的四姨太不叫小青，而且她也沒有死。二是劉漢臣和高三奎也有不儉點的地方，確實曾與四姨太有過兩次說不清楚的旅館私晤，才導致了這場悲劇的發生。劉漢臣死後兩年，褚玉璞軍敗，被他的同僚們給活埋了。消息傳出，戲劇界的同仁莫不拍手稱快，說這才是天理昭昭，惡有惡報也。

數年後，劇評家徐慕雲曾撰寫了一篇《軍閥殘殺優伶的殘暴行為》的文章，刊登在上海《新聞報》上。此文比較詳實地述說了這件事情的始末。他寫道：

有幾個武人是最痛惡梨園行人的。一位是做過吉林督軍的孟恩遠，一位就是直隸督辦褚玉璞。孟曾活埋秦腔名伶元元紅（名魏聯陞，非老元元紅郭寶臣），褚曾槍斃鬚生高三魁、劉漢臣（非現方出演天蟾舞臺的武生劉漢臣）。該兩事的起因，全是由於姦情，並且都與他們的姨太太有很大的關係。孟本係「撈毛」的出身（撈毛即王八），所以某年值他誕辰的時候，有一人送上一個錦匣，打開一瞧，裏面卻是一把粗瓷燒成的大茶壺，上面並且寫著「大茶壺孟恩遠」六個大字，當時當著許多賓客，真把他氣得要死。據說他的那位如夫人，也就是窯姐出身，後來同元元紅發生了戀愛，孟聞知後，竟將元元紅捉來活埋的。究竟他與她當初戀愛的起點是誰找的誰？因為遠在東北，兼以事隔二十餘載，所以社會人士都莫能探悉其中真相。

至於褚玉璞槍殺劉、高兩伶之事，距今不過十數寒暑，而且這件事又近在中外觀瞻所繫的天津。褚氏雖歿，而當年勾引劉、高二人的女主角還活在世上，因此關於這樁事的始末詳情，不佞卻早已探得備細，現在特為把它敘述出來，一來替冤死的優伶稍鳴不平，二則藉此也可以暴露軍閥時代一般武人的殘忍好殺，一意孤行，正所謂「愛之欲其生，惡之欲其死」，捧唱戲的是他們，殺伶人的也是他們。

褚玉璞原籍山東濟寧，家道貧寒。他的胞兄名叫玉鳳，長他約有十齡。玉璞自幼就不學好，十幾歲時就跟著些匪人瞎混，在魯省鬧出人命巨案，不能立足，遂竄入蘇境的徐州，後來名聲一天大似一天，被官府捕拿甚緊，他不得已才散了夥，獨自一個人隱藏在城北的趙家圩子裏。趙氏族中有一人名叫趙瑤蘊的，把他留養在家下，待他十分恩厚。民國二年時，冷通任第三師師長，駐守徐城，他的剿匪方法，是恩威並用，凡能悔過自新的，一律都可招撫，褚玉璞也是當時很著名的匪首，所以他同超盤和尚（亦巨匪）都在那年改邪歸正，被冷氏委任營長之職了。彼時張宗昌任團長，方振武任輜重營營長。後來張、褚、方三人發生密切關係，也就是從那時開始的。褚在這時忽然結識了一個土娼，名喚王香亭，二人打得火熱。不料二次光復，冷軍被馮國璋打得大敗，退守江寧後，已潰不成軍，這時褚玉璞又受了馮督的收編，同時長腿將軍也就被委為將校團團長，二人都常住金陵。不過他們都非行伍出身，常為人所歧視，又兼揮霍無度，鬧了虧空，故而不久就都離開了南京，先後投奔關外的張作霖去了。褚因徐州是他的第二故鄉，一來想看望曾經救護（其實是窩藏）過他的恩人趙瑤蘊，二來也順便探望他的舊情人王香亭。誰知王女士雖是個土娼，但是為人極其豪爽，一聽褚氏要到關外去謀發展，她立時就把所有的首飾兑了五六百塊錢，雙手奉與老褚當作一路的盤費，餘剩下的，還可以作為交際等費之用。所以後來張作霖一入關，老褚就做了張宗昌部下的旅長，長腿以蘇、魯、豫、皖四省剿匪司令名義駐兵徐州時，褚與王香亭見面之下，那種感激和親密的情形，當然是達於極點了。

未到兩年，張、褚都做了督辦。這些老粗也還懂得知恩報恩，於是首先就把一位略識之交的趙寨主（瑤蘊）請到天津督辦公署裏，當了總參議。趙氏本來人口眾多，一齊尋到天津，大小全都弄到個官兒，當時督署的八大處以及老褚統帶的部隊裏，無不有姓趙的族人置身其間，一時曾有趙半旅的流行語。由此，也可見褚氏優遇趙氏族人之一斑了。

至於那位王香亭女士，據一般人的推測，她必定也要被老褚接進督署當督辦太太去了。豈知此事卻大大不然，她不但不受虛榮心的驅使，依從褚氏的請求，做他的第二房姨太太（褚尚有原配某氏）。並且她還舉賢自代，與他介紹了一位中學畢業的陳女士，做了褚玉璞的四姨太太。這位褚四太太，品貌雖不甚佳，但是學識手段，都還算可以。老褚本來目不識丁，既是糊裏糊塗做了督辦，當然一切重要文件是要付託有人的。他既得了這位內助，所以許多事情，全是與她協商辦理，因此四太太非常得寵，由「恃寵而驕」四字起因，後來才演出殘殺伶人的悲劇來。

陳女士也是徐州人，與王香亭本是同鄉，因為家裏很窮，全靠老母與人作針黹度日，她才進了教會所設的培心女子中學校，為的是可以用教友的資格，少納些學費。她母女們住大凡一個有知識的女人，想制服一個目不識丁的丈夫，總得先費點精神，把他的性情脾氣摸清楚，再將他的大權慢慢抓到手裏。而今署個名，蓋個章，都得找著這位女秘書長。這樣一來，試想褚的屬下官佐，誰能不懼怕這位四太太呢？陳見勢已養成，於是膽子就壯了許多。自古飽暖思淫慾，姘馬弁姘膩了，忽然又想去結識名伶。

適巧倒運的劉漢臣、高三奎二人，彼時正在津埠出演，四太太瞧了他們幾次戲，很覺滿意，這才在某大旅社開好了房間，差馬弁去邀請他們私會。這兩個孩子本來極規矩，極老實，哪裏敢做出這等不顧名譽的事呢？無奈馬弁脅之以威，誘之以利，實在推不開·也許應約而往了一兩遭。豈料老褚的那幾位太太，早就妒忌四太太的目無大小，又兼她以前姘識的馬弁懷著醋意，這才密稟老褚，前去捉姦。陳素為眾所懾服，在這種千鈞一髮的當兒，僕役們誰不想趁此時獻個殷勤，獲得殊賞呢？所以，老褚到了那裡竟撲了個空兒，不過事情已被他知曉，似他那種毛包性子，還管什麼真不真呢？登時發個命令，派出一排人，跑到高、劉出演的劇院裏去捕人。可憐漢臣、三奎兩人，都還正在臺上演戲，這一班如狼似虎的軍士們奔到臺上，就把他們捆綁了去。高、劉兩家，忙做一團，一面急急託人營救，一面電知梅大王，請他代懇魯張的地方，與王香亭是近鄰，彼此常有來往。王女士雖是一個大字都不識得，但是她卻懂得自由解放，生性不願受人束縛。她素知褚氏殘忍好殺，不像張長腿那樣寬大為懷（張妾三四十人，多與馬弁有染，張則明知而故縱之），倘若她與褚氏有了夫妾名分，稍不謹慎，就有生命危險。後來她目睹老褚親自動手，從床底下把三姨太太某氏拖出來用手槍打死（也是為了姦情），她格外覺得膽寒。況且她自己也早有個意中人劉某，與她情意極篤，這事老褚也頗有所聞，要是自己隨了老褚，就得馬上和姓劉的脫離關係。假使仍像從前一樣，彼此以朋友地位相處，也不與褚氏同居，即令有些風聲傳到褚氏耳中，也是毫無妨礙的。

再者說褚家上下人等，都曉得她以往用首飾贈給老褚出關的義舉，故而上自褚老太太，下迄婢僕人等，無不對她十分敬重，就是褚的幾房太太，明知老褚時常宿在她的寓處裏，她們也一概不敢和她爭風吃醋。有一天，可巧老褚在她家裏碰到了那位陳女士，陳是一位有學識的女子，但虛榮心重，褚、王在一處躺著抽煙，她也就自居晚輩站在一旁，不時點個火，倒杯茶，獻上許多殷勤，老褚看了當然滿心歡喜。先前老褚還猜不透王香亭的心理，恐怕她會有醋意，誰知王女士早已拿定主見，很想薦賢自代，及見褚、陳兩方都已彼此有意，就乘機力促其成。陳女士的老母，做夢也沒想到地的女兒會做了督辦太太，等到王香亭向她一說，立時滿腔應允，不多幾日，親事就算成就了。

著名評劇老藝人王志田

王志田（1902～1976），北京近郊固安人，南派評劇創始人，自幼從地方戲班學藝，十五改習評劇，創金玉班，自任班主兼主演。工生行、彩旦。一生編戲、導戲、演戲無數，帶班社跑碼頭，足跡遍於江南諸省，在南京親傳弟子無數。

著名評劇表演藝術家鮮靈芝

鮮靈芝，本名王娟英（1925～1989）北京人，北京更生評劇團主演，北京市戲劇家協會理事。自幼學藝，師承王志田等人，十六歲成名，帶班活躍於南京、上海、北京一帶。1943 年春，在上海演出時，曾與周信芳（麒麟童）「兩下鍋」合作演出《斬經堂》等戲。當秦瘦鵑以劉漢臣被害為背景的小說《秋海棠》問世之後，鮮靈芝率先排演了評劇《秋海棠》，演出效果十分轟動。她在劇中飾演羅湘綺，連貼一個月的滿場。此後，她將這齣戲又帶到了南京、合肥、蚌埠、北京等地上演，成為她的一齣代表劇目。

老褚本來就不大喜歡伶人，這事說來也很可笑，原來他因為自己是綠林出身，而中國的戲劇裏總好把綠林人扮得不像個人樣。所勾的臉譜，也都同妖怪相似，並且凡是強盜的頭領，結果總是被人殺掉，所以他最不愛看的就是「八大拿」這一類戲。自從他槍斃了劉、高二人之後，更是對伶人深惡痛絕。有時在張長腿跟前遇到了這班人，他總是不理不睬，倘若有人想討好他，同他攀談幾句，他頓時板起面孔說道:「這裡就顯著你們些唱戲的。」弄得後來大家都不敢同他講話。由此可見，他雖是出身與長腿一樣，然而兩人的性情可大不相同，一則大捧伶人，一則殘殺優伶，這更是大相徑庭的了。

（徐慕雲《梨園外紀》中《軍閥殘殺優伶的殘暴行為》一文）

關於早年間編演《槍斃劉漢臣》這齣戲的過程，筆者曾聽評劇前輩王志田老先生談過這件事。王志田是我愛人（評劇表演藝術家王琪）的爺爺，當時他老人家已經七十多歲了，住在石頭胡同56號，身體很硬朗，而且特別健談，記憶力也非常好，大凡親身經歷過的事情，時間、地點，人物都能說得一清二楚。記得那時已是「文革」後期，自家人私下裏聊天也比較隨便一些了。因為我喜歡戲，總愛向他老人家掏換些老戲的事兒。有一次，我向他問起《秋海棠》這齣戲，他很感慨地說：

舊社會做藝人真是很不容易的。唱不紅，讓人家當下三爛，看不起。唱紅了，仍然是有錢有勢的玩物，他們根本就不拿做藝的當人看。早年間，學戲的孩子都是家裏實在沒飯轍了，才寫進戲班學戲。都說學戲苦，天天挨打，外行人稱為打戲。其實，當老師的也是人，那有那麼狠的心。是怕孩子不好好學，將來沒飯吃，誤了他們一生。一進戲班，先生們就囑咐他們，好好的學，有了能耐，好當角兒，掙錢養家。要規規矩矩唱戲，清清白白做人。幹這一行，一要遠離壞人的勾引，不准吃、喝、嫖、賭；二要遠離女色，不能跨越雷池；三要遠離煙土，不可自毀長城。凡是犯了忌的藝人，最後無不落個身敗名裂，搞不好還要搭上自己的小命。《秋海棠》這齣戲出現得比較晚，先有小說，後有戲，還拍過電影。是講一個唱戲的戀上了一位大宅門的姨太太，被人暗算，毀了容貌的故事。挺慘的，是齣悲劇，我還給不少人排過這齣戲，直到解放才不演了。

其實這種事兒，在舊社會屢有發生。就是唱戲的自己守身如玉，架不住不少有錢有勢的女人往他們身上撲哇。當年，軍閥褚玉璞槍斃劉漢臣，就是我親自經見過的事兒。我與劉漢臣同庚，都是光緒二十八年生人。我怎麼知道的呢？因為都是梨園行的人，我與他在天津認識的，聊過幾次天兒。我記得，那是民國十五年，我正二十四歲，已經自己組班了。當時我組的是個評劇班，名叫金玉社，男男女女也有二三十人，不大，但力量不弱。我們是從安徽起家的，四處跑碼頭，先後在武漢、南京一帶唱得很紅。別看是評劇，但通俗易懂，除了沒有武的，看著好像缺條腿兒，但各有所長，上座兒並不比京劇次。常言說：「蘿蔔白菜，各有所愛」，觀眾喜歡什麼口味的都有。

這一年，我們金玉社也來到了天津，正趕上劉漢臣在新明大戲院唱連臺本戲，挺紅火。我們班就住在離新明不遠的「小羅天」茶園。當然了，在茶園裏唱戲是比不過人家劉漢臣了。但「人不親，藝親」是梨園行的規矩，住得近，就少不得往來。我沒戲的時候，就到新明看劉漢臣的戲。劉漢臣是挺了不起的，在臺上，論唱、論身上、論做戲，都很降人。他還能開打，我看過他的黃天霸，真的不錯，是個角兒坯子。天津的戲最不好唱，他能在劇場門頭亮霓虹燈，三個月不掉價兒，真不簡單。我到後臺拜訪過他，人很謙和，很四海，見面兒就叫大哥，很義氣。一論年紀，我才知道他與我同歲，談得來。有一次，他還和他的師兄弟們到茶園聽我們班的《王少安趕船》，親到後臺道乏哪！我記得，我們兩個班還合作過。因為他們演《濟公傳》用得人多，人手不夠時，就到我們班裏來借人幫忙，多多少少地有過這麼點兒交情。在我的印象中，劉漢臣這個人挺好，沒架子，不勢利，是個好青年。

可沒過幾天，聽新明的夥計講，劉漢臣犯了法，讓警察局給抓起來了。當時很轟動，各種各樣的傳聞都有。有的說他勾搭了女人，搞了督軍的姨太太；有的說他是革命黨，宣傳赤化；還有的說，他是俄國特務，懷裏總揣著手槍。那個亂時代，糟蹋人的謠言滿天飛。我就覺得事情奇怪，肯定是唱戲的倒楣了。「人怕出名豬怕壯」嘛！分明是讓戲班出錢贖人！可誰承想，沒幾天報紙上就登出來，「劉漢臣宣傳赤化，就地正法」了。我們是同行，誰能相信一個唱戲的會在臺上宣傳共產黨哪！這麼糟蹋人，可真是天理難容哇！凡我接觸過的人，無一人相信這個罪狀。但是，在褚玉璞統治的天津衛，有誰敢站出來仗義執言哪！

但是，沒過了兩、三年，褚玉璞就被他的同黨給活埋了，報紙上便有人重新把劉漢臣的事給提了出來。慢慢地這件事的來龍去脈，被抽絲剝繭般地披露出來，真相才大白於天下。當時，我們的戲班正在南京夫子廟演出，閒著的時候看報，憶及當年在天津與漢臣的《濟公傳》合作的事兒，班中有人建議，咱們何不把這齣戲搬上臺，也算是為劉漢臣出一口冤枉氣！大家都說這個主意好，我也覺得此事值得一幹。於是，你一言我一語的就湊了起來。

那年頭排戲與現在不同，要是真的「十年磨一戲」，還不把唱戲的全都餓死了。當時，我們就按劇情拉提綱，行內的話叫「拉冊（拆）子」，分場次，派角色，誰是劉漢臣、誰是四姨太、誰是褚玉璞，全都是真名實姓，誰演誰，誰就自己去想詞兒按唱兒。就這樣，沒幾天就把戲排出來了。

沒想到，剛一見報就火起來了。一開始是在夫子廟的大棚裏唱，觀眾人山人海，那真是「爆棚了」。再加上報紙一捧，真是「全城皆說劉漢臣」。最初的劉漢臣是我演的，因為我與他有過一面之交，演這齣戲也算是為梨園的朋友鳴個冤。所以，本人在臺上也很動情，在刑場上按了一大段唱，是我自己編的，至今我還記得：「說什麼做藝人天生命賤，說什麼做藝人志大心貪；說什麼做藝人命薄福淺，說什麼做藝人操守不端。都只為惡世道天不睜眼，都只為惡軍閥心狠手殘。」每次唱到這兒，臺底下便是一陣怒吼，打倒軍閥的口號此起彼伏，不絕於耳。而今回想起來，當初這齣戲編得很糙，也沒請文人潤色，也沒個本子，全憑年青膽大，排出來就演。報紙對我們評價很高，稱我們是「革命新藝人」。

因為這齣戲受歡迎，不幾天就被接近烏衣巷口的大戲園子，一連唱了二十多天，天天爆滿。金玉班一火，不少兄弟班社、梆子班、京劇班的同行們都來「捋葉子」。不出一個月，南京就出了五、六臺《槍斃劉漢臣》。很多地方來人邀我們班去演這齣戲，足足折騰了多半年，戲也就越磨越精了。為了解氣，我們後邊還加了一場《活捉褚玉璞》。劉漢臣披黑紗，上魂子，向褚玉璞索命。褚玉璞變臉，噴血彩，走僵屍，把這個混蛋摔死了算。一年後，我們班來到天津時，特別想在劉漢臣生前演戲的新明大戲院唱一回。可是來晚了，趙廣順說，群生梆子班的銀達子的《槍斃劉漢臣》，在這兒已經唱過兩番兒了。

那一年，幾乎全國各大碼頭都在唱這齣戲，路子和情節各有不同，各有各的演法兒。但是這齣戲並沒有落住，唱得時間不長，就被《秋海棠》代替了。其實，「秋海棠」就是劉漢臣的影子。當然，《秋海棠》這齣戲出自高人之手，有本子，寫得細，所以流傳的就長遠。

（李德生《老藝人訪談筆記》）

筆者查過一些資料，最早揭露褚玉璞槍殺劉漢臣的消息，是由上海的新聞記者披露的，因為報社在租界地，弄權北方的褚玉璞對其也無可奈何。褚玉璞死後，人心大快，劉漢臣的冤案又被炒作起來，上海的不少劇團也排演了《劉漢臣》、《劉漢臣冤案》、《梨園血案》等戲。鞭撻封建軍閥和舊勢力，揭露他們迫害藝人的種種罪行。

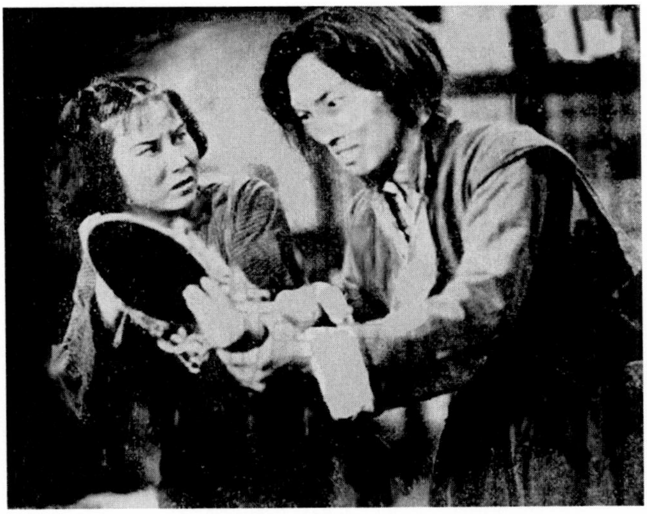

電影《秋海棠》劇照，李麗華飾羅湘綺，呂玉堃飾秋海棠。攝於 1943 年

1943 年，上海文華影業公司看中了《秋海棠》這齣戲，籌集了重資，由馬徐維邦執導，將其拍成有聲電影。由電影明星李麗華飾演羅湘綺，呂玉堃飾演秋海棠，在全國放映時，創出電影票房之最。使這個悲慘的故事傳遍全國，家喻戶曉，婦孺皆知。

1941 年，作家秦瘦鷗先生以「劉漢臣慘案」為背景，撰寫了長篇小說《秋海棠》，在《申報》副刊上連載，時間長達半年之久。一時間洛陽紙貴，讀者倍增，在社會上引起了強烈的反響。故事隱去劉漢臣的真名，改為玉振班的著名男旦秋海棠。他與師範大學女學生羅湘綺戀愛，原本想對羅湘綺表明自己的一片真心，但一直屈從世俗偏見，缺乏追求的勇氣。此間，羅湘綺家中遭逢變故，她為擺脫困境，出於無奈，委身軍閥袁寶藩，成了老袁的小妾。羅湘綺也不甘心自己的境遇，私下裏與秋海棠幽會，被袁寶藩發現。老袁為了報復，用極其殘忍的手段，毀壞了秋海棠的容貌。慘無人道的迫害，使兩個有情人雙雙淪入悲慘的境地。

這部小說淒絕纏綿的情節，不知贏得了多少讀者的眼淚。被冠以「民國第一言情小說」之譽，作者秦瘦鷗也成了近代「鴛鴦蝴蝶派」作家的代表。這部書被多家書店出版，暢銷全國。滬劇、粵劇、京劇、評劇、梆子、評彈諸班，爭相恐後地將這齣戲搬上舞臺，廣泛演出。戲劇家黃佐臨、費穆、顧仲彝等人還將《秋海棠》小說改編為話劇，由著名話劇演員石揮、張伐等人主演。於 1942 年年底，在卡爾登劇場公演，石揮飾秋海棠，沈敏飾羅湘綺，張伐飾袁紹文。公演持續半年之久，場場滿座。梅蘭芳、程硯秋、黃桂秋等京劇大角兒都親臨劇場觀看，同樣被劇情感動得流下眼淚。

1943 年，上海文華影業公司看中了這齣戲，籌集了重資，由馬徐維邦執導，將其拍成有聲電影。由電影明星李麗華飾演羅湘綺，呂玉堃飾演秋海棠，在全國放映時，創出電影票房之最。使這個悲慘的故事傳遍全國，家喻戶曉，婦孺皆知。

按：《槍斃劉漢臣》曾紅火一時，很多劇團、很多劇种競相上演，但沒有統一的劇本。迄今無一存留。

《槍斃女匪駝龍》——從實事新聞戲說到不良編改的現代政治戲

《爾雅翼》云：「龍者鱗蟲之長。王符言其形有九似：頭似牛，角似鹿，眼似蝦，耳似象，項似蟒，腹似蛇，鱗似魚，爪似鳳，掌似虎，是也。其背有八十一鱗，具九九陽數。其聲如戛銅盤。口旁有鬚髯，頷下有明珠，喉下有逆鱗。頭上有博山，又名尺木，龍無尺木不能昇天。呵氣成雲，既能變水，又能變火。」足見，龍是一種集天地之靈氣，操萬獸之利器，是無往不摧之聖物，無戰不勝的魁元。而「駝龍」又是何物？按東北民間的土語，駝龍，就是一隻利害無比的母龍。《漢書》謂「其獸則麒麟角端，騊駼橐駝。」而今的《維基百科》，則科學地定義為「母駝龍」，它是一種橫行史前大地的雌恐龍。

槍斃女匪駝龍，是發生於上個世紀二十年代初的一件婦孺皆知的社會新聞。後來被編成評劇上演。劇中的男主角是東北著名的「鬍子」，匪號「大龍」。女主角則是「鬍子」的壓寨夫人，匪號「駝龍」。她為什麼起這麼一個匪號，這就應了前面所說的解釋了。大龍和駝龍都是殺人越貨、無惡不作的人間禍害，最終被捕，繩之與法，就地槍決，而大快人心。這齣戲問世以來，久演不衰，觀者如潮。因為戲中有土匪，有妓女，有槍戰，有殺人，情節跌拓，色情血腥，因而，毫無例外地劃入「血粉戲」之中。這齣戲在上個世紀前半葉，從東北長春、瀋陽、哈爾濱，一直演到關內，演到北京、南京、上海，雲貴、成了評劇的一齣骨子老戲，一直唱到 1949 年，這才退出了戲劇舞臺。

駝龍的事蹟極富傳奇色彩，各種各樣的傳說和版本很多。筆者所述，是以當年各大新聞報紙發出的，對駝龍事件的採訪和報導為根據，簡約述來。

東三省是滿人的故鄉，滿清入關之後，東北便劃為龍興之地，禁止異域人口進入，禁止墾殖、禁止漁牧。至使地曠人稀、物埠殖豐，但經濟不振，視野閉塞。晚清改政，慈禧頒布東北開禁詔，允許移民關東。於是，關內，山東，高麗和日本平民陸續移民東北，開始淘金、墾荒、伐木、打獵、挖參、開窯、牧畜、販馬等農墾活動。原本人口蕪雜狂野，加之日俄、日清、俄清等種族矛盾的交惡，使東北成了軍閥、土匪、流氓、混混恣肆橫行的無政府的狀態。東北的鬍子、馬賊聚夥山林，占山為王、持械呈兇、打家截舍、屠毒四方，則是當時最為囂張的一種行當。

駝龍，就是這一時期的產物。據 1925 年《申報》報導：駝龍，原名張素貞，係東北遼陽人，其祖輩原是山東黃縣的移民，以農事為業。她於光緒 21 年（1901）出生。讀過幾年私塾，略識文字。但生性獨立，爭強好勝。16 歲時，與人私奔至長春寬城子，被騙賣入「金玉堂」妓院，花名翠喜兒。因其長得漂亮，風致迷人，一時成了當紅的紅姑娘，月入纏頭無數。1918 年年底，她遇到馬賊報號「大龍」的綹子大當家王福棠前來嫖院，二人媾合數日，志趣相似，情投意合，素貞便指天盟誓，許以終身。

翌年春天，大龍來到妓院，要為素貞贖身。老鴇子捨不得這棵搖錢樹，死活不肯。大龍便指使匪眾綁了老鴇兒子的票。並派來送信人講贖人條件，不答應，就撕票。老鴇心疼兒子，只好捨了張素貞。素貞就此與大龍一塊上了山，當了壓寨夫人，眾匪所擁，報號駝龍。她在山裏無拘無束，野性恣為，騎馬習武，練就了一手好槍法，可以雙手持槍。百發百中。從此成了東北綹子裏出了名的女匪。她與大龍帶有兩千多人的匪眾，橫行於濱江道所屬的雙城、五常、榆樹和吉林德惠等地，縱匪劫掠，燒殺姦淫，殘害百姓，成為聲震長春的一大公害。

這一公一母兩條惡龍，心黑手辣，與眾不同。他們綁票，拿了贖金，也要撕票。帶兵「砸窯」(既攻打富戶村落宅院)，洗劫財物，男人砍頭，女人輪姦，白髮垂髫，無一幸免。釀就累累血案，震驚全國。民國十二年（1923）10 月 5 日，大龍和駝龍糾合多股綹子，偷襲吉林德惠萬寶的亂石山善人屯，殺光全屯民眾。駝龍騎著高頭大馬，身披紫呢大氅，斜挎雙搶，指揮眾匪。給鬍子們打氣：「弟兄們！壓上去啊（衝鋒）！打開鎮子，女人全是你們的！」

以上兩圖是當年報刊披露的駝龍在公主嶺藏匿的民宅和重操舊業的妓院

當他們攻打當地最大的富戶老紀家的時候，遭到頑強的抵抗。加之從長春趕來的保安大隊的裏外夾擊，「窯」未打破，土匪傷亡慘重，匪首大龍陣亡，險些全軍覆沒。氣急敗壞的駝龍連大龍的屍首都沒搶出來，只好率眾逃回山寨。

駝龍傷心透頂，與德惠結下死仇。回寨後，駝龍被眾匪擁立為「大當家的」。據《申報》報導，此時的駝龍，匪性陡增，全無顧忌，胡作妄為，先後下嫁大龍的弟弟二龍，繼嫁九龍，且身邊面首無數。但是，她時刻不忘大龍，多次在眾匪面前發誓，要替大龍報仇雪恨。

1924 年秋天，駝龍重整人馬衝下山來，要給死對頭紀家大窯和過去結過樑子的仇家，來個「大清洗」。她率眾先砸開了紀家大「窯」，殺死了紀家滿門男女，連六歲的兒童全不放過，來個斬草除根。接著，又把柳條溝內大大小小的村落血洗個乾乾淨淨。把一串串的人頭掛滿了各村的村口，製造了匪史上著名的「東荒地大血案」。駝龍揚言，此行不圖錢財，就是要為大龍報仇，出口怨氣！

此事震驚了東北大地。張作霖大怒，嚴令吉林省警備司令和長春戒嚴司令李杜，限期剿滅這股悍匪。李杜率部萬人直撲匪巢。一陣惡戰，打得駝龍綹子七零八落，潰不成軍。千名土匪作鳥獸散，各自逃命去了。駝龍自己也被迫喬裝改扮，落荒而去。最後，她跑到了公主嶺一家妓院重操舊業，更名改姓，混跡人間。

李杜派員四下偵訪，除惡務盡，唯恐匪眾東山再起。最終，探知駝龍隱匿妓院之中。遂派綠林出身的連長「老白龍」帶領部下，裝成闊商包妓，將駝龍一舉擒獲。李杜將駝龍羈押長春軍法處嚴審。駝龍面不改色，坦然承認全部罪行，俱是自己所為。任殺任剮，全無所謂。李杜唯恐土匪劫獄，拖延生變，當即宣判死刑，就地槍斃。

1925年正月十五日在寬城子行刑。這一天，長春寬城子人頭攢動，人們都來爭看這位雙手都會使槍的女匪「駝龍」。據1925年2月9日的《申報》報導：

> 1月19日中午，奉奉天指示槍決示眾的回電，特將駝龍提出，驗明正身，押赴長春東三馬路東頭撂荒地槍決……。該匪身披大紅綢緞平金猞猁斗篷，內穿寶藍狐腿旗袍。頭戴白皮暖帽。面不改色，貌頗不惡。

此圖駝龍在行刑前所攝照片。該照片係一位中國留學生在日本一舊貨市場發現購得。一經披露又引起報刊對這一往事的熱議。

報導稱，刑車所到之處，有不少百姓前來送行。駝龍在囚車上向眾人介紹自己，感謝相送之情。《申報》記者還記錄下了她的臨終遺言。她說：

> 我名張素貞，駝龍係我外號，今年二十五歲，奉天遼陽縣人，十九歲下窯子。大龍花三千元替我贖身，遂跟大龍前後為匪六年，

死我手下者不知幾千人。一個娘兒們，能縱橫數百里，屢抗官兵，總算露臉了。今天又承諸位盛情走送，謝謝！

面對行刑官，她毫無懼色地高喊：「來吧！我不怕死！」。隨後一排槍響，駝龍倒在血波之中。當時的童謠唱道：「哈哈笑，哈哈笑，官兵來了鬍子跑。你買鞭，我買炮，駝龍綹子被拔掉。」從這兒，可以看到東北人對土匪的痛恨。

未出一個月，當時在長春駐演的嘣嘣戲（即評劇的前身奉天落子）劇團，就把這件新聞時事，改編成一臺大戲、搬上了舞臺。《槍斃女匪駝龍》的戲報剛一貼出，便轟動了四九城。人們驅之若鶩，競相觀看。劇中除了渲染妓院、打窯、馬匪和駝龍傳奇的一生之外，還是以勸人為善、鞭笞惡行的高臺教化為宗旨，四處演來，政府也予以支持。此戲越唱越紅。《槍斃女匪駝龍》很快在關外普及，並迅速傳入關內。以前，各評劇班的演出都是幕表的形式，並無劇本準詞。據說，評劇的創始人成兆才，將該劇進行了梳理，編成劇本，諸多評劇名角如李金順、愛蓮君、老白玉霜、小玉鳳等均依本演來，使得這齣戲傳遍大江南北，就此成了一齣與《指花為媒》、《珍珠汗衫》、《馬寡婦開店》齊名的評劇傳統戲了。

上世紀二十年代北平學古堂刊行的《槍斃女匪駝龍》評劇唱本

四十年代大中華電影企業公司出品《雙槍駝龍》的電影廣告

1933 年 2 月 15 日，北平戲曲審查委員會的辦事員陳保和遞交了一份報告，稱「奉天評戲表演及唱詞諸多涉及猥褻」，特別是《槍斃駝龍》一劇，「奸盜邪淫，四者俱全，應絕對禁演」。戲曲審查委員會常務委員吳曼公等人也同意他的觀點，遂下公告，將該劇予以禁演。

但是，圍繞駝龍這一題材的小說、話本，評書、說唱，依然出現很多。其間還多次被拍成電影，廣泛放映。但因作者的立場不同，想法不同，或是為了某種目的邀寵媚俗，故意顛倒黑白、扭曲史實，把一個妓女描繪成忠貞愛情的淑女：把一個兇惡的悍匪描繪成殺富濟貧的女豪傑。對此，人們多貶之為不良之作，嗤之以鼻。1949 年，解放軍進城之後，關於駝龍的戲劇、說唱和文藝出版物，無分良莠齊刷刷地消失殆盡，再也無人提起。新一代的年青人則根本不知駝龍為何物。

1989 年，筆者在《經濟日報》屬下的《中國花卉報》工作，因評劇《花為媒》的故事與花文化有關。就想寫一篇有關《報花名》的文字，或可用於副刊。因此，曾到北京西二環十五號樓五樓，採訪吳祖光和新鳳霞先生。當時，新鳳霞老師因在文革中受過衝擊，左肢偏癱，行動不便。她的學生戴月琴時常隨侍左右。當時，大家都在場。吳祖光先生精神矍鑠，對早年改編《花為媒》的往事記憶猶新，款款而談，十分有趣。收尾時，戴月琴曾插話向祖光先生說：「團裏有人說《駝龍》這齣老戲挺有意思，能不能改編上演哪？」祖光先生當即說道：

> 那可不行。胡沙院長早在三十年前就說過，老評戲，哪一齣都能改，唯獨《駝龍》動不得。上歲數的人都知道，駝龍是個窯姐兒，是個妓女，又是個殺人不眨眼的女土匪，這種糟粕，改它幹什麼？做為編劇人，腹笥豐贍，大路寬寬，什麼題材不能寫？何必非在冷飯鍋裏找吃食！要為婊子立牌坊，誰願意幹！除非他別有所圖！記得 1956 年，我在東北勞改的時候，瀋陽藝新評劇團的花鳳霞就把這齣戲改編了。把駝龍改寫成一位抗日救國的「女英雄」，雙槍打日本，好利害了。後來被叛徒出賣，被捕身死。但是，東北文化部認為這是胡鬧，當即就給斃了。我被放歸北京搞戲改的時候，文化局的一位領導也曾攛掇我改改駝龍。我就不改。這一點，我與胡沙的看法一樣。我們鳳霞從學戲的第一天起，就討厭這齣戲。她從來不學，也從來不演。

中國評劇院在 1996 年推出來新改篇的評劇《駝龍傳奇》。由著名評劇演員谷文月飾演駝龍。

誰承想，1996 年，中國評劇院還是把這齣戲鼓搗出來了，改名《駝龍傳奇》。在編劇的筆下，駝龍被塑造成一個反迫害的少女，從童養媳到妓女，又從妓女變成一個與反動政府的官兵頑強抗爭的女豪傑。最後，慘遭鎮壓，在刑場上像共產黨員一樣，憤然高歌，慷慨就義。使一齣「血粉戲」搖身一變，成了一齣向萬惡的舊社會血淚控訴的大悲劇。說來也巧，這一角色是我在北京小乘巷小學上學時的同桌同學、評劇院主演、「梅花獎」獲得者谷文月擔綱主演。翌年，這齣戲還拍成了六集戲劇電視劇，在中央電視臺與諸多的「抗日神劇」競相放映，看誰比誰更能糊編濫造！

到了 2010 年，又有好事者將《槍斃女匪駝龍》改編為《煙花女駝龍》，拍成十九集電視連續劇，這就更加離譜了。一個煙花弱女，手持雙槍橫掃江湖，演出了一場「驚天地、泣鬼神」的人間大劇！真是一部驚世駭俗的巨獻！

奇女子張淑貞年華豆蔻、美麗動人，不幸被賣入妓院，飽受老鴇摧殘、她守身持玉，拒不接客，忠貞愛情，與綠林豪傑大龍結成神仙鸞侶，投身山林。他們一起揭竿聚眾，殺富濟貧，馳騁沙場，爭城奪池，巾幗草莽，抗日愛國，使偽軍和日寇聞風喪膽，豕突狼奔。該劇將一個臭名昭著的女匪，包裝成血戰日寇的民族英雄。筆者真不知如此改戲意欲何為？難道一定要使駝龍與《杜鵑山》上的柯湘，《紅湖赤衛隊》的韓英為伍，爭個高下嗎！

如果把低俗的肉麻，打上愛國的標簽：把勾欄妓女打扮成巾幗英雄，將色情、暴力、戰爭和抗日熔於一爐。用句戲劇行內的話吆喝：「快來瞧，快來看。文武帶打，真刀真槍，玩了命囉！」。如此寫戲，往輕裏說，可能江郎才盡，找不出新的題材，才在茅坑裏掘糞。要說重點兒，則是趨炎附熱，諂顏媚上。即迎合了時事，又取悅了上級，還欺騙了觀眾，賺了鈔票和個人「榮耀」，鬧個「雙贏」——「政治、經濟」雙豐收。

記得毛澤東曾提出「文藝要為政治服務」，林彪則高喊，「唱好一支歌，就等於上好一堂政治課」。言猶在耳，細思則已無語矣！筆者總在想，這樣改戲是為政治增光添彩呢？還是故意大抹其黑哪！

附：《槍斃女匪駝龍》劇本，

根據上世紀二十年代市井刊行小唱本整理。請見本書下卷。

下　卷

代前言——我所知道的一些有關「血粉戲」及其劇本的事

田淞、沈毓琛口述　李德生整理

（筆者按：2013 年 5 月，筆者回大陸省親之際，特意到北京西郊八大處頤養年老人院探望了著名的戲曲表演藝術家田淞和戲曲教育家沈毓琛二位老人。並向他們彙報了我正編寫《血粉戲》一書的想法。他們都是過來人，就這一話題談了很多。曾以二老的名義整理成《我所知道的一些有關「血粉戲」及其劇本的事兒》一文，刊於《環球時報》的《副刊》。而今《血粉戲》一書草成。酌將此文作為下卷的《代序》編輯於此，一是反映老前輩們對「血粉戲」及其劇本的一些代表性的看法。同時，也是對二位做古的老專家的一份紀念。）

著名的戲曲表演藝術家田淞和戲曲教育家沈毓琛二位老人的遺照。
攝於 2013 年此京西郊頤養年

說起「血粉戲」，這可是個久違了的話題，至少有幾十年無人提及了。其實「血粉戲」指的就是包含「色情」、「兇殺」等不健康內容的戲。舊社會的舞臺上，有很多這類劇碼經常演出，解放後，基本上都禁絕了。

我們都是九十三、四歲的人，出身於封建的舊式大家庭，父親任中國實業銀行總稽核，因社會地位與工作的關係，北京的家裏終日送往迎來，門庭若市。時風所致，看戲、聊戲，是當時親朋友好聚在一起久談不倦的話題。我們父親又是個迷戀京劇的票友，自己還置備了不少「行套」，時常票戲，與京劇界的梅家、尚家、蕭家、姜家均有往來。從小就是在這種環境薰陶下長大的，所以也迷上了京劇。從小學起，直到燕京大學畢業後在開灤礦務局任職期間，我的業餘生活大多是在票房裏度過的。小時候看戲，都是大人們帶著去的，看什麼戲，是經過大人們選擇的，沒有看過什麼「色情兇殺」戲。及至獨立看戲時，我們對《大劈棺》、《武松殺嫂》、《翠屏山》之類的戲也沒有什麼好感。在知識分子成堆的票房裏，也很少有人票演這類戲。

1948 年，北平和平解放，當時我倆住在天津。都喜歡戲劇。作為熱血青年，我們對新社會、新時代、新生活充滿了憧憬。一次，在報紙上讀到新政府禁演「有毒有害的戲」的時候，我們都是堅決支持的。我們當時雖說是票友，但對戲劇發展前景也是相當關注，並且還有不少自己的想法。出於熱情，我倆就給當時負責戲劇領導工作的田漢先生寫了一封信，直陳己見。沒想到，田漢老對我們的意見十分重視，親筆回信說，目前國家急需人材，問我們願不願到戲劇改進局所屬的戲劇實驗學校工作。這個學校就是現在中國戲曲學院的前身。我倆特別高興，毫不猶豫地應了下來。當即辭去了各自的工作，一起正式調進戲校。學校指派我當王瑤卿校長的秘書，同時還兼任學校藝委會的秘書，參與學校的管理。我愛人沈毓琛則擔任學校的文化教員兼班主任，曾與梅葆玥在同一個教研室工作。一直幹到六十歲退休。

我們在校期間，正是文藝界響應黨的號召，貫徹施行周恩來總理提出來的「戲改」精神。當初「戲改」工作分為兩部分：一是「改人」，即團結老藝人，幫助老藝人，提高他們的思想覺悟；二是「改戲」，要把帶有迷信、色情、封建、醜惡、低俗內容的舊劇，有計劃地進行清理、改造。作為新中國創辦的戲校，自然也面臨如何教學，如何對待「舊劇」（包括「粉戲」、「血粉戲」、「強梁戲」），如何培養新人的問題。作為親歷者，我們就在此說上幾句。

當初學校開校務會議是相當認真嚴肅的，王瑤卿校長、蕭老先生、新文藝工作者、黨的文藝幹部、「四大教授」、行政管理人員大都參加。大多會議都是由田淞來做記錄。會議氣氛極其民主，人們的發言都是發自內心肺腑的。對如何辦好新型戲校，大家出謀劃策、集思廣益，制定出很多有意義的辦法和措施。最有代表性的是：廢除「打戲」，廢除對學生的體罰；「必須辦好文化課」；「教學的戲碼兒要進行嚴格選擇，堅決不教壞戲」等等。

王瑤卿校長的意見相當中肯，他說：「過去，社會上有相當一部分人看不起唱戲的，說這一行是下九流，這當然是對藝人的一種貶低，一種歧視。但是，造成這種非議也是有一定社會原因的。一些藝人不知自愛，不分好孬，不辨美醜，什麼都唱，什麼都演，使不少有毒的戲在社會上造成了很壞的影響。有的藝人是自己把自己的玩意兒和人格給糟蹋了。如今，國家要辦一個新的戲校，我們大家的責任很重，一定要辦得與舊科班不同。要先讓孩子們有知識、有文化，明道理，知好壞。要從小教他們唱正經戲，建立起健康的舞臺風格。要把封建的、丑露的、作踐人的壞戲，從根本上除掉。新的戲校要有新氣象，老師要以身作則，決不准打罵學生，不教壞戲，不把舊戲班的污濯帶進學校，要從根本上走出一條新路，為國家培養好新的苗子。」

蕭長華老先生講得也很好。他說：「政府提出廢蹺、廢彩頭，廢除那些誨淫誨盜的表演，禁演那些烏七八糟的『粉戲』、『血粉戲』，我是雙手贊成的。舊社會，藝人琢磨出來那些不雅的玩意兒，也是被生活逼迫的，就是為掙錢養家、藝高膽大，出人頭地。那些有錢的人，閒著沒事兒找樂子，才要看那些壞戲。其實，藝人自己也不願演那些『下三爛』的東西，毛小五（世來）就跟我說過，一扮趙玉兒、《殺皮》、十二紅，連自己都覺得渾身上下不順眼。他說：『我怎麼變成這樣了！』舊社會嘛，沒辦法。如今不同了，世道變了，咱們唱戲、教戲，也都得跟著變。譬如，男演男，女演女，這個辦法我也雙手贊成。舊社會，婦女不自由，男女不平等，女人不能唱戲，不能進園子，戲班裏才整出男旦這一行。男旦，不男不女的，的確不好。婉華（梅蘭芳）、老四（程硯秋），那都是沒辦法，再說也改不回去了。我贊成，從今以後，咱們戲校就不培養男旦了。」老一輩藝術家的這些發自內心的意見，均被學校採納，一直貫徹了下來。

五十年代初，結合戲改工作，學校分配我為蓋叫天先生和程硯秋先生整理劇本。在杭州，我住在蓋老的家，朝夕相處之中，蓋老的豪爽氣、骾直氣，給我的印象很深。他對「血粉戲」有他的看法。他說：「政府明令禁演有毒的戲，這一層我不反對。解放前，上海的舞臺上一片烏煙瘴氣。《殺子報》、《大劈棺》，尤其在燈光布景下，調戲婦女，殺人越貨，真牛、真驢、真汽車，統統搬上舞臺，那裡是在演戲，分明成了變戲法，演雜技了！這些都應該禁的。我的《鐵公雞》、《一箭仇》跟著吃掛落兒，也都禁了嘛！說張家祥、史文恭都反對農民起義，我也就沒什麼可以辯駁的。但是，禁了『武松戲』，我就有點兒不服了。武松武二郎可是英雄好漢，打老虎、殺髒官、除惡霸，殺姦夫，這都是好事嘛！包括殺潘金蓮，我都覺得對！潘金蓮毒死武大，本身就是殺人犯嘛！死有餘辜！我就不贊同歐陽予倩給潘金蓮翻案的戲。當年，滬上的生行、旦行都爭演《武松與潘金蓮》，特別上座。不少人也鼓動我貼這齣戲，我就不愛演。我只跟（王）熙春演過一次，到了「殺嫂」時，潘金蓮可就白話起來囉，一通剖白自己，弄得武松可就沒戲了。我演『武松戲』是用真刀真槍的，可我從來不用『彩頭』。不像那些當場宰人割頭、血裏花拉的演法。我認為那種演法是沒有真本事，靠賣噱頭、變戲法掙錢，那不叫藝術。唱戲的淪落至此，那叫沒出息！」

程硯秋這個人平時不愛說話，但是說對了話題，他有興趣，就不讓「蓋口」了。有一次我們聊起了「禁戲」，他說：「我向來就不喜歡這類帶有兇殺內容的戲，說實在的我連《青霜劍》、《審頭刺湯》都不愛演。我認為舞臺是個公共場所，坐在臺下聽戲的什麼人都有。臺上應該演出美的形象，要演有教育意義的故事。常言說；『古人制藝、高臺教化』，演員應該明白這個道理。很多『色情戲』、『血粉戲』、壞戲，都應該自覺的抵制。現在是新社會了，人人都提高覺悟，淨化舞臺、演新戲，勢在必行。我現在身體不太好，又瘦不下來，煩您一起改編《英臺抗婚》，也是為了起個帶頭作用。」

他還說：「您是位文化人，與我們不同，您愛戲，但您並不太瞭解舊社會戲班中齷齪的那一面。人說『唱戲的是苦蟲，不打不成材』，演員自小遭的罪，受的污辱，外人是很難理解的。沒能耐，成了『捎搭零碎』，叫人看不起，連飯都混不上：成了角兒，又遭人嫉恨，怕人算計，心裏不靜，整天不得消停。所以，我不叫孩子沾這行的邊兒。編排那些『淫殺戲』，『鬼怪戲』，我一向不贊成。應該禁。但是，我反對『禁戲』擴大化。政府禁演壞戲本意是好的，可是，一到下邊就胡來了。哪裏是禁演五十五齣，我看五百五十齣都不止。連我的《鎖麟囊》、《春閨夢》都不讓貼了。原本京劇就不上座，現在更遠不及評劇了！您看各園子，家家《小女婿》，處處《劉巧兒》，京劇還有什麼可唱的？

我們這些人演不演還沒關係，可不少民營劇團就盯不住了，不唱戲，吃什麼？這個意見我曾向周總理直接反應過。」

持有程先生相同觀點的大有人在，當時的文化領導部門還是很認真地聆聽下邊的反映。從 1951 年起，戲改局對禁演劇目又多次進行篩選和清理，由文化部重新頒布了二十二齣禁演劇目。對這一禁令，各級文化主管部門貫徹施行得極為認真，加之各民間劇團相繼國營化，被禁的戲，大多數再也沒有翻過身來。

說到劇本的整理問題，看似簡單，實際做起來挺困難。首先是劇本蒐集問題。「劇本，劇本，一劇之本。唱戲的飯碗。戲班的老本。」舊戲班、老藝人都把劇本看得比身家性命都重要。「寧給一錠金，不給一口春」，是他們處世的口頭禪。戲班的老闆懷裏揣著每齣戲的「總綱」，演員的臺詞除了口傳心授，至多只有單詞。大角們都有自己的「私房戲」，劇本把得就更緊了。一但洩漏外班外人，則是「背主叛班」之罪，一向為行內人所不容。如果告到梨園公會，還會從嚴懲罰。那麼，社會上為什麼還有麼多的《戲考》、《大觀》和《唱本》流行呢？在經濟社會中，自有「百密必有一疏」途徑。給錢，自會有人賣本兒。王大錯先生主編的《戲考》，自 1920 年至 1926 年，陸續出版了 40 冊，集六百多出劇目，成為繼《綴白裘》之後的一部重要的戲劇文獻。《戲考》中的劇本又是從何而來的呢？編者不予明說，但從字裏行間已透露出一些門道，大多是花錢購得。但與那些「拿黑杵」（戲班裏管私下裏拿黑錢的）的人訂有保密協議，故而不便落筆言明。

搞別人的劇本還有一個渠道，那就是雇人臨場「捋葉子」（偷記）。臺上演戲，臺下有人拿著小本子偷偷記錄。這種犯忌的行經，也是舊戲班裏十分惱怒的事。一經發現，往往有「掭頭罷演」或發生前臺糾紛的惡性事件。在程硯秋、金少山和富連成的一些演出軼事中，便常有記述。

1954 年，田淞借調到戲劇研究院編輯處工作，曾先後與馬少波、戴不凡、呂瑞明等人一起編輯《京劇叢刊》。這項工程的目的在於保存國粹，整理搶救和改編京劇傳統戲的老劇本。編輯部進行過多次對老劇本的挖掘和徵集工作。這一時期，很多老藝人的思想有了很大的提高，不少人都把自己珍藏的、秘不示人的老本子，無私地奉獻了出來。但是，有國家「禁戲」的「告示」在，不少與「禁戲」沾邊兒的本子就無人「捐贈」了。有關「血粉戲」類的本子就更沒有了。記得有一次，田凇與戴不凡一起到筱翠花（于連泉）

府上造訪，試著談到一些他曾主演過的劇本時。他笑著說：「唉唷，這都是什麼時候了，您可不能讓我們犯錯誤了。那些玩意兒我們早就當爛紙賣了，一丁點兒都沒留。」

到蕭長華老先生府上時，他說的更是委婉：「過去做藝人的別無長技，沒法子，混飯吃，才編些沒出息的本子。新中國讓藝人翻了身，誰還留那玩意兒，早都燒了。」（筆者在這裡補充幾句。九十年代初，京劇耆宿李洪春的長公子李玉聲來京拍電影《西洋鏡》時，曾來我家小坐，談起了這件舊事。李玉聲笑著說：「蕭先生是何等聰明的人？富連成的本子都是他老人家的命根子，怎捨得燒哪！據說，不少東西都留給了他的愛徒貫湧了。貫湧一直把他藏在戲校宿舍的床底下。文革開始後，他的膽兒特別小。借著破四舊，一把火，才真的全燒了。」）

當時，《京劇叢刊》編輯部對「血粉戲」這類劇本有兩種不同的意見；一種意見認為，這都是糟粕，沒有任何整理價值，該放棄的就放棄算了。另一種意見認為，這類戲確實背時違令，但它們確實紅火過很長一段時間，作為戲曲文化遺產的一部分，能整理的還要儘量整理，能搶救的儘量搶救。實在不便刊行的，亦可編入另冊，作為內部參考資料印存保護為宜。而編輯部的領導意見則認為：「凡是吃不准的、棘手的戲碼兒，就先放放，以後再說，千萬別犯錯誤。」就這樣，即使當時蒐集到一些「不健康」的老本子，也大都束之高閣，「留中不發」了。後來，革命調子一年比一年高，那些本子也就無疾而終了。

1956 年，因為中國評劇院缺少小生演員，田淞在恩師姜妙香先生推薦下，調入中國評劇院當了演員，先後與喜彩蓮、小白玉霜合作了不少戲。「文革」以後，又與新鳳妹、王琪等又一起恢復合作了不少傳統老戲。至於，原《京劇叢刊》編輯部存的那些老本子還在與不在？又是如何處理的，就不得而知了。

2013 年 5 月寫於北京

（筆者補寫：正因如此，有關「血粉戲」的劇本在 1949 年後再無出版。因而成了珍稀之物。筆者在編纂此書時，原計劃在每篇文字的後邊附上該劇的劇本，以饗讀者，奈何這類劇本很難覓全。又想，即使覓全，亦恐難出版。如此，拖拖拉垃竟達十年之久。今年，臺灣花木蘭文化出版公司決定出版此書，在楊嘉樂先生的鼓勵下，筆者將田淞先生早年饋贈的 1936 年出版的小唱本《評劇考》一冊，從舊篋裏翻將出來。將書中的《槍斃小老媽》和《槍斃駝龍》兩個劇本進行了整理。如是，除《槍斃劉漢臣》的劇本失考待覓之外，共集齊一十五齣。遂一起編入《血粉戲》下卷，謹供戲劇愛好者和研究者參考之用。）

《大劈棺》(《蝴蝶夢》)

（根據 1921 年王大錯編著《戲考》第五冊整理）

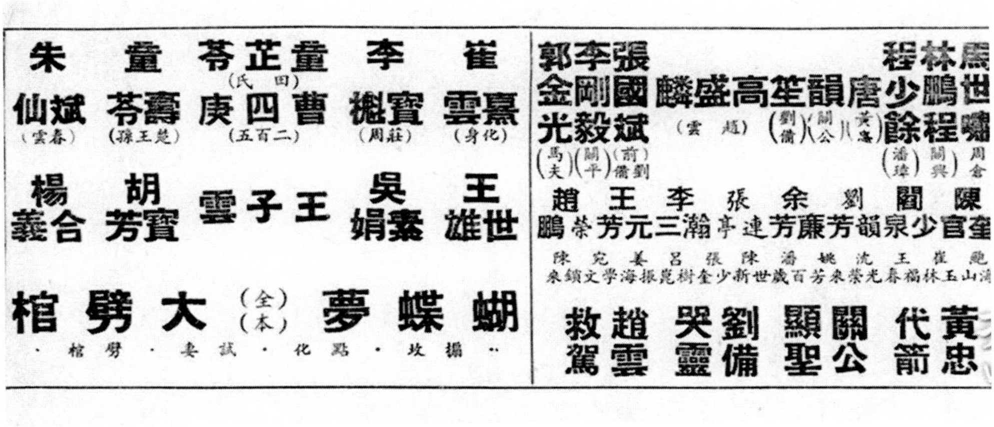

上世紀三十年代演出《大劈棺》老戲報

主要角色

莊周：生

田氏：旦

王孫：小生

二百五：丑

【第一場】

（莊周上。）

莊周	（小鑼數）	奉師嚴命下山林，
		探望田氏轉回還。
		行幾步來至在寒家院，
（童兒上。）		
童兒	（白）	參見師傅。
莊周	（白）	罷了。
	（小鑼數）	又只見童兒在面前。
		上房對你師娘講，
		你就說師傅轉回還。
童兒	（白）	有請師娘。
田氏	（內西皮導板）	忽聽得童兒一聲請，
（田氏上。）		
田氏	（西皮原板）	但不知他請我所為何情？
		出言來我把童兒問，
		請師娘出二堂為著何來？
童兒	（白）	師傅回家。
田氏	（白）	哦哦。
	（西皮原板）	忽聽得童兒一聲講，
		他言說先生轉回還。
		站立在二堂用目望，
		果然是先生轉回家中。
		叫童兒等師娘把衣來換，
（田氏下。田氏上。）		
田氏	（西皮原板）	渾身上下俱改妝。
		走上前來把禮見，
		再對先生說端詳。
	（白）	先生你回來了？
莊周	（白）	回來了。
田氏	（白）	先生，你看你臉上的塵，身上的土，鬍鬚凍成冰了。待為妻與你……哈哈……

莊周	（白）	哽，不要厭氣。
田氏	（白）	哎嚇，你又不是十七，我也不是十八，誰離不開誰？既如此，離你遠遠的，省得討你那個厭氣。
莊周	（白）	哎，田氏，
田氏	（白）	不是「甜氏」是「苦氏」。
莊周	（白）	哎，田氏，這……嚇，哈哈哈……
童兒	（白）	哦呵！
莊周	（白）	童兒在此作甚？
童兒	（白）	伺候師傅。
莊周	（白）	不要伺候，下去！
童兒	（白）	不去。
莊周	（白）	不去要打！
童兒	（白）	不要打，我去了！師傅你等我走後，你與師娘下跪罷！
莊周	（白）	哇！哇！
（童兒下。）		
莊周	（白）	是我不在家中把這童兒慣壞。 田氏，這……哎，哈哈哈……丈夫與你說話，童兒還要背他一些。
田氏	（白）	既說此話，是我為妻的錯了。
莊周	（白）	哪有你錯？
田氏	（白）	先生請坐。
莊周	（白）	田氏請坐。
田氏	（白）	先生不在高山修真養性，回家為何？
莊周	（白）	探望你來了。
田氏	（白）	多謝先生好意！
莊周	（白）	好說。
田氏	（白）	先生下山以來，可見什麼奇事？
莊周	（白）	遇見一樁異事。

田氏	（白）	什麼異事？
莊周	（白）	是我下山以來走在中途路上，遇見一位身穿白的婦人。她丈夫死過，未到一七，她要另行改嫁，是她婆母言道，將墳上扇乾，許她改嫁；墳上不乾，不許改嫁。貧道見她哭得可憐，舉來三分神火，將墳上扇乾。是她無恩可報，贈與我白紙小扇。田氏請看。
田氏	（白）	待為妻看過：
	（念）	「道人行路在路旁，你扇墳來好心酸。但等莊子死故後，你妻比我大不賢。」
	（白）	呀呀啐！道是哪裏說起？拿住奴家比那下賤之人！先生好好收起。
莊周	（白）	田氏可曾看過？
田氏	（白）	為妻倒也看過。哎，先生，想我乃是齊王之妹，金枝玉葉，況且又是先生之妻，怎比那下賤之人？
莊周	（白）	哎嚇，是嚇，想你乃是齊王之妹，金枝玉葉，怎比那下賤之人！如今人心難測。
田氏	（白）	先生倘若不幸，為妻與你守節立志。
莊周	（白）	你不能。
田氏	（白）	我一定！
莊周	（白）	我卻不信。
田氏	（白）	為妻情願對天盟誓。
莊周	（白）	你盟誓我方放心。
田氏	（白）	哎，先生！
	（西皮導板）	與先生對坐在二堂以上，
	（白）	先生，
莊周	（白）	哽。
田氏	（白）	哎，先生，
莊周	（白）	無量佛。

田氏	（白）	哦哦，
	（西皮慢板）	聽為妻把此話細對你言： 倘若是先生亡故了， 我總要守節立志賢。 若有三心並二意，
莊周	（白）	怎麼樣？
田氏	（西皮慢板）	準備天打，
莊周	（白）	怎樣嚇？
田氏	（西皮慢板）	五雷轟！
莊周	（白）	哦，哦。
	（西皮原板）	一見田氏盟誓願， 倒叫莊子喜心間。 回頭再把我妻叫， 你與我到後面打茶羹。
田氏	（西皮原板）	我在此處莫久站， 去到後面打茶羹。

（田氏下。）

莊周	（西皮原板）	一見田氏她去了， 倒叫莊子暗思量。
	（白）	哎嚇，且住。我看田氏眉來目去，不像守節立志的樣兒。待我假死廳前，看這賤人怎樣與我守節立志？
	（西皮原板）	將身坐在二堂上， 等田氏到來看分明。

（田氏上，童兒上。）

田氏	（西皮原板）	邁步且把二堂上，叫先生請來用茶羹。
莊周	（西皮原板）	我將茶羹端在手， 喝一口來好悲傷。 一霎時腹內痛難以扎掙，
田氏	（白）	怎麼樣？

莊周	（西皮原板）	大料我命活不成。 閻王造定三更死， 何人留我到五更？
	（白）	田氏！童兒！
（莊周死。）		
田氏	（哭板）	一見先生喪了命，
莊周	（白）	看你怎樣與我守節立志嚇！
（莊周下。）		
田氏	（哭板）	哎哎哎，怎不叫人痛傷心！
	（西皮原板）	我將屍首忙掩下， 再叫童兒聽分明：
	（白）	童兒，你家先生已死，現有銀子五十兩，拿在大街之上買口好棺木，買上童男童女，金斗銀斗，你快去罷！
（田氏下。）		
童兒	（白）	曉得哉！ 哎，你看我們先生回得家來，飯也未吃，喝了杯茶就死了。師娘叫我買棺木，到哪裏去買？待我走起來看。 到了，待我跳進去。店老闆！
老闆	（內白）	幹什麼？
童兒	（白）	買棺木。
老闆	（內白）	買幾口？
童兒	（白）	死一個，還要買幾口？
老闆	（內白）	你要哪一口？
童兒	（白）	待我看。這一口倒不錯，要多少錢？
老闆	（內白）	五十兩。
童兒	（白）	這麼貴，要五十兩！二十兩罷！
老闆	（內白）	二十兩太少，加一點！
童兒	（白）	二十五兩。

老闆	(內白)	還不賣。
童兒	(白)	不賣,三十兩!隨你賣不賣!
老闆	(內白)	賣給你罷!
童兒	(白)	我曉得你要賣了,等一會再來扛。
老闆	(內白)	就來扛。
童兒	(白)	我還要童男童女呢!待我走起來。到了,掌櫃的!
老闆	(內白)	作什麼?
童兒	(白)	買童男童女。
老闆	(內白)	只有童男,沒有童女。
童兒	(白)	就買一個童男,要多少錢?
老闆	(內白)	四百大錢。
童兒	(白)	一百。
老闆	(內白)	不賣!
童兒	(白)	一百五十。
老闆	(內白)	不賣!
童兒	(白)	二百。
老闆	(內白)	不賣!
童兒	(白)	二百五!隨你賣不賣!
老闆	(內白)	賣與你了。
童兒	(白)	放在這裡。我還要買童女去。到了,掌櫃的!
老闆	(內白)	什麼事?
童兒	(白)	你們這裡可有童女?
老闆	(內白)	只有童女,沒有童男。
童兒	(白)	哦,倒巧了,就買你這童兒,要多少錢?
老闆	(內白)	三百大錢。
童兒	(白)	一百五十。
老闆	(內白)	不賣!
童兒	(白)	二百錢。

老闆	（內白）	賣與你了！
童兒	（白）	你等著，讓我叫人來拿。特，將棺材抬上來。哎，棺材到了。我將童男童女背上來。都擺好了。有請師娘。
田氏	（內白）	先生嚇！
（田氏上。）		
田氏	（西皮原板）	有田氏跪留平， 尊一聲先生聽我言： 今日你死還罷了， 撇下了為妻倚靠何人？ 叩罷頭來抽身起， 再叫童兒聽分明：
	（白）	童兒在此等候，有人祭奠，速報我知。說是你伺候了。
（田氏下。）		
童兒	（白）	是。你看師娘，叫我伺候。待我看看有人沒人？
莊周	（內白）	無量佛。
童兒	（白）	哽，有人來了，待我溜了罷！
（童兒下。莊周上。）		
莊周	（念）	手提著龍頭拐，腳登著朝甩。 我有幾句話，說出來人害怕，人害怕： 夫死妻不嫁，夫死妻要嫁，叫人留話巴。 我死我死真我死，我是南海一道家。
	（白）	我乃莊子便是。想我假死廳前。不知這賤人怎樣守節立志？待我靈堂看來。哦，看賤人倒像守節的樣兒。這金斗銀斗，童男童女。童女不要說起，這童男到像活的一般。童男童男，師傅點化你成人嚇！

	（西皮慢板）	將生辰和八字揣在懷內， 點化童男說人言。 我一扇童男把頭抬， 二扇童男眼睜開。 三扇童男雙撒手， 我四扇童男隨著師來。
	（白）	特！哦！
	（西皮原板）	點化童男人一樣， 口中無舌難開聲。 有貧道站靈堂用目觀望， 又只見烏鴉亂飛揚。 我這裡用扇兒將它取過，
	（白）	特！
童男	（白）	特！
莊周	（白）	掌嘴！
童男	（白）	掌嘴！
莊周	（白）	說話！
童男	（白）	說話！
莊周	（白）	這，
童男	（白）	這，
莊周	（笑）	哈哈哈……
童男	（笑）	哈哈哈……
莊周	（西皮原板）	又只見童男說人言。 叫童兒帶路靈堂進， 師傅把話對你講明。

（童男下。）

莊周	（西皮原板）	一見童男他去了，又只見童女在面前。
	（白）	哎，且住。童男被我點化成人，童女在此。賤人到來，必問童男何往。不免舉來神火將童女燒化便了！

（西皮原板）　舉來神火將他焚，忽然一計在心間。
（白）　不免變一王孫公子模樣，前來弔喪祭奠。看這賤人怎樣行為？
（西皮原板）　有貧道假一變，
（莊周下。王孫、童男同上。）
王孫　（西皮原板）　只見童兒在面前。
（白）　帶路！
（西皮原板）　叫童兒帶路往前走，
看一看賤人怎樣下場。
（王孫、童男同下。）

【第二場】

（田氏、童兒同上。）
田氏　（西皮原板）　自從先生喪了命，
怎不叫人痛在心？
將身兒坐至在靈堂以上，
看一看何人來祭靈前。
（王孫、童男同上。）
王孫　（西皮原板）　正行走來用目看，
再叫童兒聽端詳：
（白）　童兒前去稟知：就說楚國王孫前來弔喪祭奠。
童男　（白）　曉得了。裏頭有人滾出一個來！
童兒　（白）　什麼人雞毛喧叫？嘎！這個人好像我二百五十大錢買來的童男，怎麼會活了？不要緊，待我叫他一叫。
特，二百五！
童男　（白）　怎麼叫我「二百五」？
童兒　（白）　你不曉得，我們師傅死了，我拿二百五十大錢買一個童男，與你一樣。我就叫你「二百五」。

童男	（白）	你買的是紙的，我是個人。怎麼會一樣？
童兒	（白）	好呢，不叫你，不叫你。你幹什麼的？
童男	（白）	我們師傅前來弔喪祭奠。
童兒	（白）	你等著。 師娘，有人弔喪！
田氏	（白）	問問是哪一家的？
童兒	（白）	我去問。 二百五，
童男	（白）	怎麼又叫我了？
童兒	（白）	叫錯了。你們哪裏來的？
童男	（白）	我家師傅是楚國王孫。
童兒	（白）	曉得了。回稟師娘：是楚國王孫。
田氏	（白）	往外去傳：就說你家師傅已死，師娘身穿重孝，不便迎接。請那王孫自己進來罷。
童兒	（白）	好大規矩！ 二百五，
童男	（白）	又叫了！
童兒	（白）	叫定了你。
童男	（白）	就叫什麼事？
童兒	（白）	師娘身穿重孝，不便迎接。想王孫不是外人，自己進來罷。
童男	（白）	裏面說了，叫你自己進去。
王孫	（白）	哦，哦。
	（西皮原板）	走上靈堂雙膝跪， 尊聲先生聽我言： 如今師死到還罷， 撇下了徒兒無人授傳。

田氏	（西皮原板）	有田氏在靈堂用目觀望， 見王孫他生得十分可愛。 眉清目秀實好看， 雅賽當年小潘郎。 我有心與他成婚配， 不知他耐煩不耐煩。 奴不免上前去將他問過，
童兒	（白）	師傅嚇！
田氏	（西皮原板）	見童兒在一旁珠淚汪汪。
王孫	（白）	童兒往裏去傳：弔喪以畢，我們要回去了。
童男	（白）	小子，我們弔喪已畢，要回去了。
田氏	（白）	童兒，往外去傳說：師娘有四句話頭，對上了讓他們回去；對不上不讓他們回去。
童兒	（白）	你要拉住人家作什麼？
田氏	（白）	去是不去？
童兒	（白）	不去。
田氏	（白）	師娘要打！
童兒	（白）	不要打，我去了！
田氏	（白）	快去！
童兒	（白）	曉得了。 二百五，師娘有四句話頭，對得上就讓你們回去；對不上不讓你們回去。
童男	（白）	有四句話，對不上不讓我們回去。
王孫	（白）	哪四句？
童男	（白）	特。哪四句？
童兒	（白）	我也不曉得。師娘哪四句？
田氏	（念）	青春一年少，鮮花用水澆。解開石中玉，相交直到老。
童兒	（白）	有什麼話一起說了。省得一次一次跑呢！
田氏	（白）	去說！

童兒	(白)	不去！
田氏	(白)	還是打！
童兒	(白)	去去！問來了。
童男	(白)	哪四句？
童兒	(白)	青春一年……
童男	(白)	少，
童兒	(白)	鮮花用水……
童男	(白)	澆，
童兒	(白)	解開石中……
童男	(白)	玉，
童兒	(白)	他怎麼知道了？這一句，你猜不著：相交直到……
童男	(白)	老。
童兒	(白)	嘎，怎麼都知道？
童男	(白)	你等著。
	(念)	「青春一年少，仙花用水澆。解開石中玉，相交直到老。」
王孫	(白)	你去對他言講，四句話頭對上了。有三件大事可肯依定？
童男	(白)	特，有三件大事可肯依從？
童兒	(白)	師娘，有三件大事你可依從？
田氏	(白)	哪三件？
童兒	(白)	沒有問。
田氏	(白)	問去！
童兒	(白)	哦，不去要打的！二百五，哪三件事？
童男	(白)	我還不曉得哪三件。
王孫	(白)	頭一件，將師傅靈牌打倒；第二件，要脫白的，穿上紅的；第三件拜了天地，就入洞房。
童男	(白)	特。第一件，將你家師傅靈牌打倒。

童兒　（白）　放屁！

童男　（白）　第二件，你家師娘要脫白穿紅。

童兒　（白）　孝還未滿！

童男　（白）　第三件，拜了天地，就入洞房。

童兒　（白）　你屁上加屁！師娘，這頭一件，將師傅靈牌打倒。

田氏　（白）　怎麼說，將你師傅靈牌打倒麼？

童兒　（白）　不能夠！

田氏　（白）　打倒就打倒！

童兒　（白）　師傅嚇！

田氏　（白）　你哭什麼？

童兒　（白）　你將我師傅靈牌打倒，如何不哭？

田氏　（白）　不許你哭。這第二件？

童兒　（白）　叫你脫了白的，穿上紅的。

田氏　（白）　哽，那是自然。第三件？

童兒　（白）　更稱你的心了！拜完天地，就入洞房！

田氏　（白）　往外去傳：件件依從，請大公子書房更衣。

童兒　（白）　特。

二百五。叫孫子書房更衣！

（王孫、童男下。）

田氏　（白）　童兒隨師娘更衣來。

童兒　（白）　用不著。

田氏　（西皮原板）　叫童兒等師娘把衣來換，

（田氏下。）

童兒　（哭）　師傅嚇，師傅嚇！

（王孫、田氏同上。）

田氏　（西皮原板）　叫公子請過來同拜天地。

童兒　（白）　不要拜，不要拜！拜不得，拜的不好！

王孫　（西皮原板）　一拜花堂為媒證，

田氏	（西皮原板）	二拜黃河就澄清。
王孫	（西皮原板）	泰山倒了根還在，
田氏	（西皮原板）	那黃河一去影無蹤。
王孫	（西皮原板）	一霎時腹內痛難以扎掙，
田氏	（白）	公子怎麼樣？
童兒	（白）	應該，應該！
王孫	（西皮原板）	打量我命活不成！
	（白）	我妻！童兒！
童兒	（白）	誰是你童兒？
王孫	（白）	哎嚇！

（王孫死，下。）

田氏	（白）	哎嚇，哎嚇，我好苦命也！
	（哭板）	我一見公子喪了命， 怎不叫人痛傷心。 我將屍首忙掩定， 再叫童兒聽分明。
	（白）	童兒你過來，童兒你過來！
童兒	（白）	不過來！不過來！
田氏	（白）	你，你過來罷！
童兒	（白）	幹什麼？
田氏	（白）	你去問問那君子，得的什麼病症？
童兒	（白）	死了就死了罷！
田氏	（白）	你問問去！
童兒	（白）	那孫子！
王孫	（內白）	君子！
童兒	（白）	孫子就攏攏。你得的什麼病症？
王孫	（內白）	急心疼的病。
童兒	（白）	屁股疼的病。
王孫	（內白）	心疼病！

童兒	（白）	乃是急心疼的病。
田氏	（白）	你去問他什麼藥調治？
童兒	（白）	死了就死了！
田氏	（白）	不問，我還要打！
童兒	（白）	去去去！孫子要什麼藥調治？
王孫	（內白）	百藥俱全，缺少藥引。
童兒	（白）	頂好百藥俱全，缺少藥引。
田氏	（白）	問他要什麼藥引？
童兒	（白）	無有藥引，問他則甚？
田氏	（白）	去問去！
童兒	（白）	孫子，什麼藥引？
王孫	（內白）	要親人腦髓。
童兒	（白）	哎嚇，這總沒有了！要親人腦髓。
田氏	（白）	哦哦，要親人腦髓麼？
童兒	（白）	這總沒有了嚇！
田氏	（白）	哎嚇，且住，想我先生一死，這上上下下誰是我的親人？這、這、這，如何是好？有了！童兒過來！
童兒	（白）	我不是你的親人！
田氏	（白）	你過來嚇！
童兒	（白）	慢慢，叫我過來幹什麼？
田氏	（白）	哎，童兒。想你家先生一死，這上上下下無有我的親人。師娘看將起來，你麼還是我的親人。
童兒	（白）	呀呸！我是你的親人？不吃你的飯了，衣裳又不穿了，帽子我又不戴了，我不在你家了，我要走了！看看你找哪個親人？

（童兒下。）

田氏	（白）	你看看一句話兒還未出口，氣得童兒又走了。這便如何是好？有了！想我家先生已死，未過一七，腦漿未乾，不免手使板斧將棺木劈開，取出腦髓，搭救王孫性命！我就是這個主意！ 哎嚇，慢著，我與先生夫唱婦隨，叫我怎樣下這毒手？這萬萬使不得，使不得！
王孫	（內白）	疼死我了！
田氏	（白）	慢著，我若是不救，死了一個，再死一個不成？還是將棺木劈開搭救公子性命便了！

（田氏下。）

【第三場】

（田氏上。）

田氏	（哭）	喊嚇！

（田氏劈開棺木。莊周坐起。）

莊周	（白）	特！什麼人？
田氏	（白）	我、我、我、我，田氏。
莊周	（白）	田氏你要攙我來，你要攙我來！
	（撲燈蛾）	罵聲田氏大不該，大不該！ 不該板斧來劈棺，來劈棺！ 不是貧道躲的快， 險些砍了天靈蓋。
	（白）	田氏作什麼來了？
田氏	（白）	與你守節立志來了。
莊周	（白）	與我守節立志來了？你看你穿的衣服！
田氏	（白）	哦，衣服。
莊周	（白）	穿的紅鞋！
田氏	（白）	紅鞋。
莊周	（白）	可像守節立志的樣兒？

田氏　（白）　哎，先生不知：自從先生死後，外面來了一個算卦的先生，他言說先生不到一七，就要還陽。故爾為妻手使板斧，將棺劈開，救你的活命來了！

莊周　（白）　這倒是了！與我倒杯茶去！

田氏　（白）　是。天爺爺！他怎麼又活了？

莊周　（白）　田氏，我來問你：塵世以上難道比我莊子靈的還有麼？

田氏　（白）　哽，比你靈的多的多呢！

莊周　（白）　呀呸！哪裏是靈的多的多？分明是楚國王孫公子前來登喪弔祭，你觀見他人才出眾，相貌驚人，留在府下招親。他得下急心疼的病症，你手使板斧前來劈棺，取我腦髓救他性命，是與不是？

田氏　（白）　我來問你：拿賊？

莊周　（白）　要贓！

田氏　（白）　捉姦？

莊周　（白）　要雙！

田氏　（白）　和尚帽子道士頭，拿來我看！

莊周　（白）　我看你不看的好！

田氏　（白）　我一定要看！

莊周　（白）　你等著。

（王孫上。）

田氏　（白）　罷了！夫……

莊周　（白）　特！

（王孫下。）

莊周　（白）　嚇！哈哈哈……

（莊周下。）

田氏　（白）　先生你回來！先生你回來！不、不、不好了！

　　　（哭板）　一見先生他去了，

（哭）	先生，嚇嚇嚇！
（哭板）	怎不叫人膽戰驚？將身回在靈堂進，但不知先生幾時回來？
（白）	我好悔也！

（田氏下。）

（完）

《頭本十二紅》

（根據 1926 年王大錯編著《戲考》第二十二冊整理）

上世紀三十年代演出《頭本十二紅》劇照筱翠花飾周妻

主要角色

周妻：旦

周屠：丑

畢朋：丑

酒保：丑

【第一場】

（周屠上。）

周屠	（念）	自幼不讀詩書，全憑鋼刀宰屠。家業全然不顧，好酒喝上幾壺。
	（白）	在下周屠，就在此地開了一座肉店，運氣不好，前者重整肉鋪，借了畢員外二十兩銀子，至今又賠完了。不免寫個招租貼兒關了罷。嗆。小店的老闆，請你給我寫個招租貼兒。
老闆	（內白）	你的買賣怎麼樣了？
周屠	（白）	關了。有送錢的給我接下。
老闆	（內白）	有要賬的哪？
周屠	（白）	給他個痛快。沒在家待我把門帶起來，貼上這個。此鋪出倒，傢伙俱全。想我周屠好不命苦也。
	（西皮搖板）	周屠生來命運差， 好吃好喝又好打。
	（笑）	哈哈。
	（西皮搖板）	開了座肉鋪不養家， 回家去打罵任憑她。

（周屠下。）

【第二場】

（畢朋上。）

畢朋	（唱）	自幼生來好浪蕩，愛惜美貌女嬌娘。
	（白）	自家畢朋，自幼生在大戶人家。只因我們這兒，有個開肉店的，名叫周屠，借了我二十兩銀子，重整肉鋪，至今本利沒還。不免找他去要要賬。到了，此鋪出倒，傢伙俱全。呀！這是剛貼的，隔壁問問。小店老闆？
老闆	（內白）	做什麼？

畢朋	（白）	周屠這爿店，怎麼樣了？
老闆	（內白）	關了。
畢朋	（白）	周屠哪裏去了？
老闆	（內白）	走了。
畢朋	（白）	幾時走的？
老闆	（內白）	剛走的。
畢朋	（白）	可曾趕得上？
老闆	（內白）	要趕就趕得上，不趕就趕不上。
畢朋	（白）	真明白。既然如此，我就趕了。
	（唱）	三步當作兩步走，兩步當作一步行。

（畢朋下。）

【第三場】

（周屠上。）

周屠	（唱）	關了肉鋪轉回家，
畢朋	（唱）	見了大哥說根芽。
	（白）	這不是大哥麼？
周屠	（白）	員外明兒見。
畢朋	（白）	大哥我與你有話說。
周屠	（白）	有話說明兒見。
畢朋	（白）	別明兒見，咱們喝茶去。
周屠	（白）	我不喝茶，明兒見。
畢朋	（白）	你說上哪兒去？
周屠	（白）	酒店喝酒去。
畢朋	（白）	我不喝酒。
周屠	（白）	我不茶，你不酒，還是明兒見。
畢朋	（白）	酒店咱們上哪兒去？
周屠	（白）	老海吶。
畢朋	（白）	我捨命陪你走。
周屠	（白）	到了老海嚇。

（酒保上。）

酒保	（念）	買賣興隆通四海，財源茂盛大發財。
	（白）	畢員外、周大哥。
周屠	（白）	我對你說，他穿兩件好衣裳，就是畢員外，我就是周大哥。
酒保	（白）	別挑眼，這齣戲就是那麼排的，坐下罷。
周屠	（白）	老海，燙半斤兒。
畢朋	（白）	別依他，兩個銅板的。
酒保	（白）	也別依著你老，也別依著他老，依著我老。
周屠	（白）	哪咱們三老哪！
酒保	（白）	燙四兩喝著。酒到。
畢朋	（白）	你先去罷。
周屠	（白）	員外，我給你斟一杯。我也來一盅。方才在路上，是我的不是，先罰我三杯。我才乾三杯酒，就沒有啦？ 老海老海！
酒保	（白）	做什麼？
周屠	（白）	你這是多少酒？
酒保	（白）	四兩阿。
周屠	（白）	四兩斟多少？
酒保	（白）	南京到北京，四兩斟八盅。
周屠	（白）	我算算。進門兒，我喝了一盅，我給員外斟了一盅，罰了我三盅，我又乾了三杯。不錯，再燙半斤兒。
酒保	（白）	再燙，四兩喝著。酒到。
畢朋	（白）	大哥，你酒也得喝著，咱們哥兒倆，話也得說著。
周屠	（白）	不錯酒也得說著，話也得喝著。
畢朋	（白）	醉了。不是當初你那重整肉鋪，借了我二十兩銀子，你還記得？

周屠	（白）	你混蛋，就是我該你的，就沒人該我的嗎。
畢朋	（白）	做買賣也有該你的。
周屠	（白）	比方這麼說吧，人家該我十弔錢，我找上門去，不能都還我，還我八弔。
畢朋	（白）	給我多少？
周屠	（白）	還你四弔。
畢朋	（白）	那四弔呢？
周屠	（白）	太爺養了家啦。
畢朋	（白）	好。
周屠	（白）	比方怎麼說吧，人家該我六弔錢，我找上門去啦，不能都給我。
畢朋	（白）	給你多少？
周屠	（白）	給我四弔。
畢朋	（白）	還我多少？
周屠	（白）	還你兩弔。
畢朋	（白）	那兩弔呢？
周屠	（白）	太爺養了家啦。
畢朋	（白）	養家是好朋友。
周屠	（白）	比方怎麼說吧，人家該我兩弔，我找上門去給我一弔。
畢朋	（白）	還我多少？
周屠	（白）	太爺養了家啦。
畢朋	（白）	大哥當初你借錢也是一口一個太爺嗎？
周屠	（白）	你混蛋。當初借不借在你，如今還不還在我。
畢朋	（白）	大哥你這樣說話，不成了無賴子啦。
周屠	（白）	什麼無賴子。

（周屠推桌子。）

畢朋	（白）	老海，他是喝醉了，酒錢我給我走啦。
酒保	（白）	一塊兒來的，一塊兒走。

畢朋　（白）　你別當我怕他。大哥，人家這兒，是做生意的，別擾人家，你敢跟我到外頭說去。

周屠　（白）　好小子，你敢跟我到外頭說去。
老海，醉人沒醉心，酒錢沒有，拿刀包做押賬。

酒保　（白）　酒錢有人給啦。

周屠　（白）　哪個王八蛋給了？

酒保　（白）　畢大爺給啦。

周屠　（白）　哪個狗日的給啦？

酒保　（白）　畢大爺給啦。

畢朋　（白）　別說啦，他那兒直罵呢。

周屠　（白）　畢老大到外頭啦，你躺在地下，我衝你腦袋跺三腳。

畢朋　（白）　那幹什麼？

周屠　（白）　要不，我躺下，你在我下身跺三腳。

畢朋　（白）　上下不分啦！那是致命處，我不敢。

（周屠、畢朋同走圓場。）

畢朋　（白）　大哥你瞧，到了你家門口兒啦，不用說啦，你買兄弟個情。

周屠　（白）　好小子你送的我家啦，叫門去。

畢朋　（白）　朋友門，如王府，我不敢叫。

周屠　（白）　你不敢叫門，太爺敢叫太爺的門。

畢朋　（白）　你的膽子真不小。

周屠　（白）　開門開門，快開門哪。

（周妻上，不出門口開門，周屠醉進，周妻欲關門。）

畢朋　（白）　這是哪裏事，把他送到家，他進去啦，不管咱。

（周妻開門出。）

周妻　（白）　你找誰的？嘿，你找誰？

（畢朋出神。）

畢朋	（白）	我不是找人的。
周妻	（白）	幹什麼的？
畢朋	（白）	我是送人吶。
周妻	（白）	送誰？
畢朋	（白）	送我周屠周大哥，大概有這麼個人罷。
周妻	（白）	送我們當家的。
畢朋	（白）	啊！
周妻	（白）	什麼？
畢朋	（白）	敢情是嫂子，請嫂子安。
周妻	（白）	不敢，沒領教你貴姓。
畢朋	（白）	我姓這個……
周妻	（白）	沒有姓這個吶。
畢朋	（白）	我姓屁。
周妻	（白）	什麼？
畢朋	（白）	我姓、我姓畢。
周妻	（白）	我常聽我們當家的說，有一位，人前顯貴、傲禮多尊、揮金似土、仗義疏財的畢員外，畢員外，莫非就是你哪。
畢朋	（白）	我也配你這麼叫，就叫我畢大。
周妻	（白）	什麼？
畢朋	（白）	老大得了。
周妻	（白）	你跟我們當家的，怎麼件事？
畢朋	（白）	我們哥兒倆是酒未遇。
周妻	（白）	何為酒未遇？

畢朋	（白）	我也沒找大哥，大哥也沒找我，我們是路頭路腦碰見的。我讓他喝茶，他不茶，他讓我喝酒，我是滴酒不聞，三幌五幌把我拉到老海那兒。到了酒鋪，先燙了四兩，又找補半斤。左四兩，右半斤，小螃蟹兒，不架酒，喝醉了跟我砸頭摸血，扛抽子碰櫃，耍毛包，要跟我打架。你想我們哥兒倆，這個交情哪兒有那麼一打的，我也不能丟下他就走，是我萬般無奈，忍著工夫，奈著性兒，轉彎抹角，把他送到家，交給嫂子你那，盡我這點兒孝心，他是怎麼件事情。
周妻	（白）	你說的話，我聽明白啦。我們當家的，是喝醉了，等他酒醒了，把你這些話，說給他聽，教他到你府上，請安道歉。
畢朋	（白）	豈敢豈敢。
周妻	（白）	要不，你就在我家裏坐著罷。
畢朋	（白）	不必，我有事。
周妻	（白）	你有事，我可就不讓你了。
畢朋	（白）	你不用讓了。
周妻	（白）	你慢慢兒走，我們不送。
畢朋	（白）	你那留步罷。

（周妻回頭。）

周妻	（白）	算他媽的怎麼當子事！
畢朋	（白）	嫂子，他是怎麼當子事，我們哥倆酒未遇。我也沒找大哥，大哥也沒找我，我們是路頭路腦碰見的……

（周妻不理。）

畢朋	（白）	嫂子我走了。
周妻	（白）	你走嗎？
畢朋	（白）	我、我、我走了。

周妻	（白）	要不，你家裏坐坐罷。
畢朋	（白）	我有事。
周妻	（白）	你有事，我就不讓了，你慢慢兒的走。員外，我們不、不送了。
畢朋	（白）	你留、留步罷。
周妻	（白）	算他媽的怎麼回事！

（畢朋回身。）

畢朋	（白）	你嫂子喂他，是怎麼當子事。
周妻	（白）	員外你不用說了，我聽明白了。
畢朋	（白）	可是這麼兩句話不是，是這麼兩句話，可不是這麼說法兒。
周妻	（白）	唔，那麼是怎麼說法兒呢。我大哥是喝醉了，明兒個讓他家裏等，我們是死約會兒。
畢朋	（白）	我們就是這個約會兒嗎？
周妻	（白）	回頭他酒醒了，我告訴他。
畢朋	（白）	勞你駕，我走了。
周妻	（白）	你走了，慢慢兒走，我們不送了。
畢朋	（白）	你留步罷。

（畢朋下。）

周妻	（白）	我們這個頂好的人，讓這個姓畢的帶領壞了。

（周妻進門，關門，拉周屠。）

周妻	（白）	喂，你醒醒兒。
周屠	（白）	老海燙八斤兒。
周妻	（白）	你瞧瞧到了哪兒了，還燙八斤兒呢。
周屠	（白）	到了家了。
周妻	（白）	你還有家嗎？
周屠	（白）	哪兒有沒家的哪。
周妻	（白）	你的鋪子呢？
周屠	（白）	關了。
周妻	（白）	關了關了，看你那什麼養活老娘。

周屠　　（白）　　老羊老羊，死十一兒我也不支。
周妻　　（白）　　你又醉了。
周屠　　（白）　　你醉了。
周妻　　（白）　　你醉了。
周屠　　（白）　　我醉了，明兒見。
（周屠開門，下。）
周妻　　（白）　　周屠嚇周屠，我跟你過，到多怎是個了手呵。
　　　　（西皮搖板）　　惱恨爹娘作事差，
　　　　　　　　不該將奴許配他。
　　　　　　　　但願周屠死了罷，
（周妻關門。）
周妻　　（西皮搖板）　　穿紅掛綠許一家。
（周妻走圓場，想，下。）

【第四場】

（畢朋上。）
畢朋　　（唱）　　酒不醉人人自醉，
　　　　　　　　色不迷人人自迷。
　　　　（白）　　昨日到周屠家，看見他那兒，有個好老婆，我們說了幾句話，回家一夜沒睡，靜等天亮，不免去找周屠，他若在家，我就要賬，他若不在家，與他老婆勾搭勾搭，萬一勾搭上，也是我祖上的陰功，父母的德行。說的有理，就此走走。
　　　　（唱）　　三步當作兩步走，
　　　　　　　　兩步當作一步行。
　　　　（白）　　大哥在家沒有？
（周妻上。）
周妻　　（唱）　　忽聽門外有人聲，
　　　　　　　　急忙上前看分明。

（周妻開門。）

畢朋	（白）	請嫂子安。
周妻	（白）	罷啦。
畢朋	（白）	昨夜我大哥上了沒有？
周妻	（白）	什麼呀？
畢朋	（白）	那個炕。
周妻	（白）	可不是嗎，我扶他上去的。
畢朋	（白）	上去就出了罷？
周妻	（白）	什麼？
畢朋	（白）	那個酒。
周妻	（白）	可不是嗎，吐了一炕。
畢朋	（白）	你可擦擦。
周妻	（白）	什麼呀？
畢朋	（白）	吐一炕酒氣難聞，不擦乾淨了嗎？
周妻	（白）	你幹什麼？怎麼掛心哪？
畢朋	（白）	自己弟兄不放心。
周妻	（白）	等明天，我回娘家住幾天，你那替替我這個差使。
畢朋	（白）	你那個差使，我可替不了。
周妻	（白）	替不了嗎？又怎麼說。
畢朋	（白）	好朋友，不放心。
周妻	（白）	我們兩口子命苦嚇。也沒個兒子，要是有個兒子，孝順孝順，有多好哪。
畢朋	（白）	我呀！
周妻	（白）	啊！
畢朋	（白）	像嗎？
周妻	（白）	我們可沒那麼大的造化。
畢朋	（白）	看你們兩口子的德行啦，你把我大哥叫出來，我們哥兒倆說幾句話。

周妻　（白）　誰呀？
畢朋　（白）　我大哥。
周妻　（白）　你大哥，天沒亮，雞沒叫，就走啦。
畢朋　（白）　我大哥，天沒亮，雞沒叫，就走啦？這是哪的事，這是什麼約會兒。
周妻　（白）　員外你幹什麼事，這樣的著急哪。
畢朋　（白）　我大哥外頭做的事，回來也不對你說嗎？
周妻　（白）　也有說的，也有不說的。
畢朋　（白）　我來提你個醒兒。
周妻　（白）　你說說罷。
畢朋　（白）　我大哥重整肉鋪，借了人二十兩銀子，你可知道？
周妻　（白）　嘎，重整肉鋪，借了二十兩銀子，莫非就是你的？
畢朋　（白）　是我借他的。
周妻　（白）　員外你熬著罷，等我們當家的轉轉運氣，一回不能還你，匀兩回，兩回不能還，匀三回，今生今世，不能還，來生來世，變個雞，也要報報你的恩哪。
畢朋　（白）　照嫂子你怎麼說，慢說二十兩，就是借三十兩，五十兩都可。
周妻　（白）　你還肯借給我嗎？
畢朋　（白）　自要我有也不含糊。
周妻　（白）　員外，你別害怕，常言道得好，前賬不清，免開尊口。
畢朋　（白）　不錯，小鋪本短，一概不賒。
周妻　（白）　你倒有下聯兒。
畢朋　（白）　一副對子。
周妻　（白）　你家裏坐著罷。
畢朋　（白）　我有事。

周妻	（白）	你有事，我就不讓啦。
畢朋	（白）	嫂子我雖然有事，可沒什麼要緊的事。
周妻	（白）	沒什麼要緊的事，可就家裏坐著。
畢朋	（白）	使得嗎？
周妻	（白）	有什麼使不得。
畢朋	（白）	如此我給嫂子請請安。
周妻	（白）	豈敢豈敢。
畢朋	（白）	給嫂子拜拜府。
周妻	（白）	好說，員外請。
畢朋	（白）	嫂子請。哎，我大哥在家哪？
周妻	（白）	你大哥，天沒亮，就走了。
畢朋	（白）	有街坊？
周妻	（白）	我們一家住沒有街坊。
畢朋	（白）	嫂子請。
周妻	（白）	員外請。
畢朋	（白）	我還在門口等大哥罷。
周妻	（白）	兄弟要走就走，要進去就進去，你在這門口兒，不成了你給你嫂子看門哪。
畢朋	（白）	我給你看門，我還給你揩人哪。
周妻	（白）	什麼？
畢朋	（白）	你不用讓我家裏坐著。
周妻	（白）	真有你的。

（周妻進門欲關門，沒關，畢朋望頭上一抹。）

周妻	（白）	啊，怎麼啦？
畢朋	（白）	在門框上紮了個刺。
周妻	（白）	我這有針給你挑出來。
畢朋	（白）	我那嘴一嘬就出來了。
周妻	（白）	請坐罷，哎，你等等我給你掃掃，別髒了衣裳。

畢朋	（白）	嫂子你這是愛我，我上你這兒來，不曉得你把我讓進來，早知道讓我進來，我換兩件好衣裳，我這是在家打操兒，用它擦桌子掃地不要緊。
周妻	（白）	還是員外，你那有我們這麼件褂子還捨不得。
畢朋	（白）	你那是自己的。
周妻	（白）	你這個哪？
畢朋	（白）	我這是行頭。
周妻	（白）	鬧了半天是行頭。
畢朋	（白）	差過是行頭，我非僧非道，我穿大領的衣裳做什麼？
周妻	（白）	吆，我忘了給你倒茶去。
畢朋	（白）	嫂子我水喝多了，你不信摸摸小肚子。
周妻	（白）	什麼？
畢朋	（白）	我不渴。
周妻	（白）	渴了願意。
畢朋	（白）	要喝跟你要。嫂子跟你要點兒東西。
周妻	（白）	找嫂子有的要。
畢朋	（白）	你把涼水賞點喝。
周妻	（白）	你不喝茶，喝涼水做什麼。
畢朋	（白）	我這陣兒有燒點膛。
周妻	（白）	還是喝茶罷。
（周妻下。）		
畢朋	（丑）	這個地方兒有清靜，我給她個霸王硬上弓。
（周妻上。）		
周妻	（白）	員外那是怎麼啦？
畢朋	（白）	我看你這個地方，我想起練武來啦，還是老牛抓腰外帶得和自樂。
周妻	（白）	幾個人練。
畢朋	（白）	兩個人才好。

周妻	（白）	當初誰抱你練的。
畢朋	（白）	我抱著樹練的。
周妻	（白）	你喝茶。
畢朋	（白）	給我放在桌子上。 何是列口子，嫂子喝茶。
周妻	（白）	你喝。
畢朋	（白）	嫂子好香。
周妻	（白）	嫂子不香茶葉香。
畢朋	（白）	什麼茶葉這麼香。
周妻	（白）	哪兒像你哪，喝的是香片龍井，我們這是小店裏一個錢一包，還有個別名叫滿天飛。
畢朋	（白）	這麼好茶葉一個錢一包。嫂子我交給你一弔錢。
周妻	（白）	幹什麼？
畢朋	（白）	請你給我買一弔包。
周妻	（白）	一弔錢，買那麼些幹什麼？
畢朋	（白）	沒事叫他滿天飛著玩。
周妻	（白）	茶葉名兒叫滿天飛，它不會飛。
畢朋	（白）	嫂子好水兒。
周妻	（白）	什麼？
畢朋	（白）	你這是什麼水這麼甜？
周妻	（白）	你又來了，哪像你喝的是好江水，天露水，我們這是門口兒，小河溝子的水。
畢朋	（白）	可不是小河溝子的水，還有小魚哪。
周妻	（白）	又有小魚啦。

（畢朋舔碗。）

周妻	（白）	你還喝不喝啦？
畢朋	（白）	我不喝啦。
周妻	（白）	你渴不渴啦？
畢朋	（白）	我可不大渴啦。

周妻　（白）　你渴啦說話。
畢朋　（白）　我渴啦跟你要，我大哥快回來了吧？
周妻　（白）　他呀天不黑不回來。
畢朋　（白）　咱們姐倆就這麼孤……
周妻　（白）　什麼？
畢朋　（白）　孤著嘴兒坐著嗎？
周妻　（白）　怎麼樣哪。
畢朋　（白）　咱們小肚子定弦——
周妻　（白）　此話？
畢朋　（白）　談談心。
周妻　（白）　嫂子最喜歡的，說家長里短兒。
畢朋　（白）　嫂子我有禮啦。
周妻　（白）　又是什麼禮哪？
畢朋　（白）　我們年輕的人兒，說錯了嘴可別怪我。
周妻　（白）　兄弟，常言道的好，老嫂比母，小叔是兒，我是你老嫂子，你說錯了不要緊。
畢朋　（白）　嫂子你跟我大哥是怎麼弔上的？
周妻　（白）　什麼？
畢朋　（白）　是怎麼勾搭上的。
周妻　（白）　員外你不用說啦，我明白啦，你問我是怎個夫妻。
畢朋　（白）　不錯是這句話兒，你老沒說上來。
周妻　（白）　我們是抓鬏的夫妻。
畢朋　（白）　什麼叫抓鬏的夫妻？
周妻　（白）　從小兒配的叫抓鬏夫妻。
畢朋　（白）　我們那兒，叫抽杆兒的夫妻。
周妻　（白）　怎麼？
畢朋　（白）　十四點得一個。
周妻　（白）　別說啦。

畢朋	（白）	這是哪兒的，是我大三分不像人，七分倒像鬼，配嫂子這個人，又好看，打扮又清楚，他怎麼配，那氣死我啦。
周妻	（白）	員外別生氣，萬般皆由命，半點不由人。
畢朋	（白）	我就沒這個命。
周妻	（白）	啊。
畢朋	（白）	我苦命。
周妻	（白）	員外聽你這個話，還沒成家那嗎？
畢朋	（白）	上回鬧事，在新衙門帶了一面枷。
周妻	（白）	成家是娶了媳婦兒沒有。
畢朋	（白）	成家是娶媳婦兒？
周妻	（白）	啊。
畢朋	（白）	媳婦。
周妻	（白）	啊，什麼？
畢朋	（白）	娶啦娶的是娘兒們。
周妻	（白）	新新不娶娘兒們，還娶爺們？
畢朋	（白）	如今是男女混娶啦。
周妻	（白）	不用說啦，大奶奶必長得好看。
畢朋	（白）	我們家裏真是長的柳葉兒眉杏核兒眼，櫻桃小口一點點，詩詞歌賦，能上相書。
周妻	（白）	柳葉眉我瞧見過，是黑彎彎的，兩道細眉是不是？
畢朋	（白）	不是。綠的。
周妻	（白）	怎麼是綠的？
畢朋	（白）	柳葉兒，不是綠的？
周妻	（白）	杏核兒我瞧見過，雙眼皮兒大眼睛，水鈴鐺似的對不對？
畢朋	（白）	不對。六月爛杏兒，都招了蒼蠅兒。
周妻	（白）	那可不好看，櫻桃小口我看見過。

畢朋	（白）	怎麼樣兒？
周妻	（白）	通紅小嘴兒，不笑不說話，一笑兩酒窩兒是不是？
畢朋	（白）	說櫻桃不夠櫻桃大，櫻桃核兒那麼一點。
周妻	（白）	那怎麼吃飯哪？
畢朋	（白）	她不吃飯還要吃餅哪。
周妻	（白）	那怎麼吃？
畢朋	（白）	有主意，把餅烙出來晾乾了，變了灰研成末兒，拿筆管兒對著嘴，往裏吹。
周妻	（白）	那多怎吃得飽？
畢朋	（白）	誰管她飽肚子，吹過了為止。
周妻	（白）	不用說啦，頭髮是好的。
畢朋	（白）	為她這個頭蓋了兩座梳妝樓，用了十五個娘姨七個上來，八個下去都梳不上她這個頭。
周妻	（白）	娘姨笨不會梳，明兒我給大奶奶梳頭去。
畢朋	（白）	你會梳什麼頭？
周妻	（白）	我呀蘇州頭揚州頭，本地頭旗人頭，我都會梳。
畢朋	（白）	這個頭你梳不了。
周妻	（白）	怎麼？
畢朋	（白）	她是癩痢頭，沒有頭髮。
周妻	（白）	那可梳不上，不用說說腳好麼。
畢朋	（白）	腳好兩個人扶著站不住。
周妻	（白）	腳太小啦。
畢朋	（白）	哪是太小，她沒有腳怎麼站的住。
周妻	（白）	人家命好。
畢朋	（白）	命好死了。
周妻	（白）	說了半天還是死兒。
畢朋	（白）	她不死罷，我也就氣死啦。

周妻　　（白）　給你留下什麼沒有？
畢朋　　（白）　留下個屁。
周妻　　（白）　有兒子就好念書哪。
畢朋　　（白）　別說啦，一天送三個學堂，怎麼送去怎麼送回來。
周妻　　（白）　不用說，小少爺聰明他們教不了。
畢朋　　（白）　哪兒嚇，他是個啞巴，怎麼念書？
周妻　　（白）　大奶奶一死你想不想啊？
畢朋　　（白）　怎麼不想。
周妻　　（白）　何不續個弦？
畢朋　　（白）　打算續個弦，不曉得工尺字兒。
周妻　　（白）　什麼工尺字兒，續弦是續娶個老婆。
畢朋　　（白）　老婆。
周妻　　（白）　啊。
畢朋　　（白）　老婆。
周妻　　（白）　又來啦，哪兒有門當戶對的。嫂子喝你個冬瓜湯。
畢朋　　（白）　什麼冬瓜湯，喝我個此咕隆咚倉。
周妻　　（白）　你要旗裝要漢裝？
畢朋　　（白）　什麼叫旗裝？
周妻　　（白）　旗裝是大腳，漢裝是小腳。
畢朋　　（白）　我要個倒裝。
周妻　　（白）　什麼叫倒裝？
畢朋　　（白）　一隻大腳，一隻小腳。
周妻　　（白）　沒有那樣的。
畢朋　　（白）　我要嫂子。
周妻　　（白）　什麼？
畢朋　　（白）　你這個腳樣兒的。
周妻　　（白）　要小腳的？

畢朋	（白）	嫂子你說好了沒有？
周妻	（白）	我還沒去哪。
畢朋	（白）	我是急性子。

（畢朋往前趕椅子，周妻退椅子，畢朋躺周妻身上。）

周妻	（白）	員外這是怎麼啦？
畢朋	（白）	我也不曉得是怎麼啦。
周妻	（白）	員外，我把你讓家來是好意。
畢朋	（白）	父母之恩不可呼。
周妻	（白）	說你哪，滾出去，你瞧的那兒追的我那家，你不打聽打聽，太太是山西腳兒走石頭道，嚌噔咯噔的好朋友出去。

（畢朋做怕，神氣欲出門。）

周妻	（白）	哪兒去？
畢朋	（白）	門口等大哥。
周妻	（白）	方才怎麼不門口等？
畢朋	（白）	你把我讓進來的。
周妻	（白）	吆，你瞧，開著門，你大哥一步走進來，像個什麼樣兒，我關上門，我也瞧出來啦，你要拉嫂子的手，是不是，給你拉這一隻，是拉哪一隻，小東西。
畢朋	（白）	嫂子你要支一色支，著來回盆兒，我心裏怎麼受。
周妻	（白）	坐下罷，咱們還是提親。
畢朋	（白）	嫂子我跪下啦，你心好罷。
周妻	（白）	你起來，常說的好，十個女子九個肯，就怕男子嘴不穩，得便宜外頭說去。
畢朋	（白）	我的嘴不聽我的話，我打狗日的。
周妻	（白）	我卻不信。
畢朋	（白）	對天盟誓。

周妻	（白）	任憑於你。
畢朋	（唱）	我若三心並二意， 死在六月變個蛆。

（畢朋、周妻同做身段，同下。）

（完）

《也是齋》（皮匠殺妻）

（根據 1939 年富連成演出本整理）

上世紀三十年代富連成演出《也是齋》的劇照毛世來飾林玉蘭

主要角色

林玉蘭：旦

岳子奇：丑

楊虎：丑

楊盛恭：武生

【第一場】

（林玉蘭上。）

林玉蘭	（念）	好漢無好妻，賴漢娶花枝。
	（白）	我，林玉蘭，嫁與楊虎為妻。他本來是個皮匠，只因他不能成器，好喝好賭，是我從娘家拿出幾兩銀子，在這朝邑縣內，開了一座鞋鋪。我們當家的，挑著皮匠擔子，在外做活。這鋪子裏頭無人，就是我一人照應。今日天氣晴和，不免將招牌掛起便了。
	（西皮搖板）	恨兒夫不成器終日浪蕩， 撇下了林玉蘭苦度日光。 我這裡將招牌高高掛上， 等候了生意到再作商量。

（岳子奇上。）

岳子奇	（西皮搖板）	邁步來在大街上， 又只見一佳人美貌無雙。
	（白）	哦，這是也是齋，敢莫是一座鞋鋪，裏面這個小娘們，長的又丟丟，又苟苟。不免進去，假裝買鞋，同她勾搭勾搭。如若勾搭得上，也是我父母的陰功，祖上的德行。 我說那兒是鞋鋪呀？
林玉蘭	（白）	大爺，你靡有看見我們的招牌麼？
岳子奇	（白）	原來這就是弔鞋鋪，我要買雙鞋。
林玉蘭	（白）	你能要什麼樣兒的？
岳子奇	（白）	什麼好，你就拿什麼。
林玉蘭	（白）	福字履，好不好？
岳子奇	（白）	不好，常言道得好：福字履，毛布底，兩弔錢，穿不起。我不要。
林玉蘭	（白）	要不然，你能穿雙四喜的好不好？
岳子奇	（白）	你把三慶也帶過來罷。

林玉蘭	（白）	什麼叫三慶？
岳子奇	（白）	什麼是四喜呀？
林玉蘭	（白）	是四個蝴蝶，就叫四喜。
岳子奇	（白）	這我倒知道：這前頭，是這個樣一個蝴蝶，後頭是這樣一個蝴蝶，左邊是這麼一個，右邊是這麼一個，對不對？
林玉蘭	（白）	對啦，對啦。
岳子奇	（白）	好。你拿來我看看。
（林玉蘭取鞋。）		
岳子奇	（白）	真不錯，等我試試，舒服不舒服。
林玉蘭	（白）	什麼？
岳子奇	（白）	我說這鞋，穿上看舒服不。
（岳子奇脫靴。）		
林玉蘭	（白）	光景小啦。
岳子奇	（白）	小點好。
林玉蘭	（白）	太緊。
岳子奇	（白）	越緊越好。
林玉蘭	（白）	緊怕頂得荒。
岳子奇	（白）	撐撐就好啦。
林玉蘭	（白）	什嘛？
岳子奇	（白）	我說這鞋，穿穿把槳興退了就好啦。得啦，就是這一雙罷。包上。
林玉蘭	（白）	我說大爺，你找什麼？
岳子奇	（白）	我的靴子呢？
林玉蘭	（白）	在你身後頭吶。
（岳子奇拾靴，倒穿。）		
林玉蘭	（白）	我說大爺，你穿倒啦。
（岳子奇轉。）		
岳子奇	（白）	得啦，這有名堂，這叫作轉底靴子。來來，這有一錠銀子，給你鞋錢。

林玉蘭	（白）	大爺，我們這是小生意買賣，靡有碎銀子找與你能。
岳子奇	（白）	不用找啦，就存在這裡，下次再買鞋再算好啦。

（林玉蘭接銀。）

岳子奇	（白）	我說你貴姓嚇？
林玉蘭	（白）	我們姓楊。
岳子奇	（白）	姓楊，好。
林玉蘭	（白）	怎麼？你看這個姓好，那麼你也跟著我們，也姓楊吧。
岳子奇	（白）	那可不能。
林玉蘭	（白）	請問你能貴姓嚇？
岳子奇	（白）	我姓這個。
林玉蘭	（白）	姓什麼？
岳子奇	（白）	你瞧我姓什麼來著？
林玉蘭	（白）	到底姓什麼？
岳子奇	（白）	你別趕羅我，我姓岳。
林玉蘭	（白）	大號吶？
岳子奇	（白）	子奇。岳子奇，岳子奇，就是我。
林玉蘭	（白）	原來是岳大爺呀。
岳子奇	（白）	不敢。我說大嫂子，你這房子倒很好，這是什麼名堂？
林玉蘭	（白）	我們這是勾連搭的房子，後面有個後門。要是下雨的天，我們當家的回來，就走後門，為的是便當。
岳子奇	（白）	哦。狗鏈蛋。
林玉蘭	（白）	什麼？
岳子奇	（白）	狗……勾連搭。不錯，房子甚好，還有個後門更好。
林玉蘭	（白）	我說天不早啦。我們要下招牌啦。

岳子奇	（白）	好。你請下罷。

（林玉蘭下牌，岳子奇隨看。林玉蘭打岳子奇頭。）

岳子奇	（白）	嘎。我倒靡有瞧見，我要少陪了。
林玉蘭	（白）	我們不送啦。
岳子奇	（白）	我要回去啦。
林玉蘭	（白）	你的鞋還靡有拿去吶。
岳子奇	（白）	這鞋還要嗎？我當是試試就完啦。

（岳子奇接鞋。林玉蘭下。岳子奇看鞋。）

岳子奇	（白）	我這是為什麼？花了五兩銀子，買了一雙鞋，又不能穿，並不合腳。我看這個女人，很有意思。她說有個後門，我不免到後門外，聽她說些什麼。她要有點邪心，我就此上手。就此走走。
	（西皮搖板）	一雙鞋花了五兩銀， 不走前門走後門。

（岳子奇下。）

【第二場】

（林玉蘭上。）

林玉蘭	（白）	你看方才這個買鞋的⋯⋯

（岳子奇暗上。）

林玉蘭	（白）	話言話語，要調戲於我。看他那個樣，是又想又怕。可算是色大膽小。可恨我是個女子，我要是個男子，我就與他一個霸王勁上弓。

（岳子奇抱林玉蘭。）

林玉蘭	（白）	嘎，這是誰呀？
岳子奇	（白）	霸王來上弓來啦。
林玉蘭	（白）	我說你既是聽見我的話啦，我也靡有什麼說的啦。常言道得好，十個女子九個肯，就怕男子嘴不穩。你要對天盟誓。
岳子奇	（白）	你且聽了。

	（西皮搖板）	雙膝跪在流平地， 過往神靈聽分明： 若有三心並二意， 來生定要變個蒼蠅。

（林玉蘭扶起。）

林玉蘭	（西皮搖板）	今日好比七月七，
岳子奇	（西皮搖板）	牛郎織女會佳期。

（林玉蘭、岳子奇同下。）

【第三場】

（楊虎上。）

楊虎	（西皮搖板）	閒來無事大街遊， 人人道我是好朋友。
	（白）	我，楊虎，在朝邑縣，開了一座鞋鋪。我媳婦林氏照管，我挑著挑子在外面做皮匠生意。只因我好喝好耍，把挑子也叫我押啦，酒也喝足啦，不免回去。 喊道啦，開門來！

（林玉蘭上。）

林玉蘭	（白）	是誰呀？
楊虎	（白）	我的聲兒，都聽不出來嗎？
林玉蘭	（白）	來啦。

（林玉蘭叫岳子奇上，從後門放岳子奇走。林玉蘭開前門。岳子奇到前門看。楊虎進門，林玉蘭閉門。）

岳子奇	（白）	甜葡萄來，咯咯棗兒！
楊虎	（白）	肏你賣棗兒的媽媽。

（岳子奇下。）

林玉蘭	（白）	我說你又醉啦。
楊虎	（白）	不錯，醉啦。
林玉蘭	（白）	你的挑子吶？
楊虎	（白）	叫我押了錢，打酒喝啦。

林玉蘭	（白）	我看你拿什麼養老娘。
楊虎	（白）	老羊，死十一點，我也不來。今個有酒，有十三，咱們得玩玩。
林玉蘭	（白）	不行，流紅嚇。
楊虎	（白）	劉洪，是我把弟呀。
林玉蘭	（白）	我有墊子。
楊虎	（白）	有靠枕也不要緊。
林玉蘭	（白）	我簡直對你說罷，咱們是煤黑子撒帖子——散了炭啦。

（林玉蘭下。）

楊虎	（白）	你是跑堂兒的努嘴——全都外賣啦。

（楊虎下。）

【第四場】

（楊盛恭上。）

楊盛恭	（念）	太爺賜花紅，英雄顯大名。
	（白）	俺，楊盛恭。在朝邑縣衙門，當了一名捕頭。是俺奉了太爺之命，捉拿江洋大盜，一十八名。一月未滿，被我盡行拿獲。太爺見喜，賜俺插花披紅，遊街三日。今日閑暇無事，不免歸家，探望兄嫂一回。
	（念）	行行去去，去去行行。
	（白）	來此已是。兄長開門來！

（楊虎上。）

楊虎	（念）	昨日沉沉醉，回家就酣睡。起來抬頭看，
	（白）	嘎，
	（念）	紅日往西墜。
	（白）	是誰呀？
楊盛恭	（白）	兄長。
楊虎	（白）	原來是兄弟。家裏坐。
楊盛恭	（白）	兄長請。

（楊盛恭看。）

楊虎	（白）	兄弟，你看什麼呀？
楊盛恭	（白）	為何不見我家嫂嫂。
楊虎	（白）	我倒忘了過節啦。 家裏的。

（林玉蘭上。）

林玉蘭	（念）	忽聽當家喚，邁步到跟前。
	（白）	做什麼呀。
楊虎	（白）	兄弟回來啦。
林玉蘭	（白）	在哪裏嚇？ 兄弟你好嚇？
楊虎	（白）	這做什麼？
林玉蘭	（白）	我們親近親近。
楊虎	（白）	別這麼親近才好。
林玉蘭	（白）	兄弟戴的披的是什麼呀？
楊虎	（白）	那是花紅。
林玉蘭	（白）	我們要。
楊盛恭	（白）	送與嫂嫂。
楊虎	（白）	你看你這個愛小呀，還不謝謝兄弟。
林玉蘭	（白）	我謝謝你。
楊盛恭	（白）	自家弟兄，何言謝字。
楊虎	（白）	你陪著兄弟說話，我去打點酒，買點菜，來喝幾盅，與兄弟接風。

（楊虎下。）

林玉蘭	（白）	兄弟坐著。
楊盛恭	（白）	嫂嫂請坐。
林玉蘭	（白）	我說這江洋大盜，又不是蚊子，又不是臭蟲，你怎麼會把他都拿住啦？
楊盛恭	（白）	嫂嫂容稟！

（西皮搖板）　太爺堂上給公文，
捉拿江洋大盜人。
一月未滿盡拿盡，

（林玉蘭摟楊盛恭。）

楊盛恭　（白）　呔！
（西皮搖板）　你眉來眼去為何情？
（白）　嫂嫂，我與你講話，你輕輕薄薄，眉來眼去，倘若被兄長看見，成何體統！

（楊虎上。）

楊虎　（白）　兄弟，你要溺桶，街上有。
楊盛恭　（白）　兄長回來了。
楊虎　（白）　家裏的，你去燙酒去。兄弟你看這是個驢勝，你來罷。家裏的，你給兄弟斟一盅。

（岳子奇上。）

岳子奇　（白）　今日無事，到她後門走走。
嘎，趕自楊頭也走這一條道，待我闖進去。
我說楊頭，眾家弟兄，全在衙門裏等著你，要給你賀喜。你一個人，跑到這裡打自得來啦。快同我一齊走罷。
楊虎　（白）　你是個什麼養的，亂往你們家裏拉人。
楊盛恭　（白）　這是衙中的岳先生。
來，岳先生，這是我家兄長。
岳子奇　（白）　原來是楊大哥，失敬了！
楊虎　（白）　全是自己的人。以後吾在家不在家，你多來照應幾趟，就有啦。
楊盛恭　（白）　你我均不是外人，一同小飲幾杯再走。
岳子奇　（白）　好。我饒你一盅。我說楊頭，這個江洋大盜，也不是蚊子，臭蟲，你怎麼全把他拿住啦？
楊盛恭　（白）　先生容稟！

	（念）	太爺堂上下批文，命我去拿大盜人。一月未滿皆拿盡，
	（白）	呔！
	（念）	眉來眼去為何情？
	（白）	膽大岳子奇，你與我嫂嫂，眉來眼去，卻是何情？
岳子奇	（白）	我說楊頭，你這是怎麼啦。慢說靡有什麼事情，就是同你嫂子真有事情，你還敢把我怎麼樣？
楊盛恭	（白）	你招打！
岳子奇	（白）	好。你等著我，咱們走著瞧。

（岳子奇下。楊虎睡。）

楊盛恭	（白）	兄長醒來！
楊虎	（白）	兄弟，又醉啦嗎？
楊盛恭	（白）	那岳子奇與我家嫂嫂有⋯⋯
林玉蘭	（白）	當家的！

（楊盛恭拉楊虎同出門。）

楊盛恭	（白）	那岳子奇與我嫂嫂有姦！
楊虎	（白）	如有這個事，你嫂子能不對我說嗎？
楊盛恭	（白）	今晚兄長，前去捉姦。
楊虎	（白）	我一個人，不是他們兩個的對手。
楊盛恭	（白）	小弟前來幫助。
楊虎	（白）	兄弟你去吧，我真不行。
楊盛恭	（白）	待小弟前去。兄長要把住後門。
楊虎	（白）	把住後門我會。
楊盛恭	（白）	叫你把住家中的後門。
楊虎	（白）	我當你叫我把住你的後門吶。
楊盛恭	（白）	正是：
	（念）	二人定計二人知，
楊虎	（念）	休要走漏這消息。

（楊盛恭、楊虎自兩邊分下，楊虎上。）

楊虎　（白）　兄弟，今晚上什麼時候。

（楊盛恭上。）

楊盛恭　（白）　三更時分。

楊虎　（白）　三更時分。兄弟，你哥哥，當了王八了！

（楊盛恭下。）

楊虎　（白）　開門來。

（林玉蘭開門，楊虎看兩廂。）

林玉蘭　（看）　你找什麼呀？

楊虎　（白）　我找刀。

林玉蘭　（白）　你要刀做什麼呀？

楊虎　（白）　我應下了一份買賣。

林玉蘭　（白）　等我給你拿去。
當家的，你看一個家雀，兩個腦袋。

楊虎　（白）　在哪兒吶？

（林玉蘭持刀砍。）

林玉蘭　（白）　在這吶。

楊虎　（白）　你這是做什麼呀？

林玉蘭　（白）　我同你鬧著玩吶。

楊虎　（白）　家裏的，地下是誰的花嚇？

林玉蘭　（白）　在哪兒啦？

（楊虎持刀砍。）

楊虎　（白）　在這吶。

林玉蘭　（白）　你這是做什麼呀。

楊虎　（白）　我也是同你鬧著玩吶。

林玉蘭　（白）　也嚇了我一跳。

楊虎　（白）　我走啦。

林玉蘭　（白）　你回來不回來。

楊虎　（白）　不回來啦。

林玉蘭　（白）　你就與我死在外頭罷。

楊虎	（白）	我死了，你們好脋長遠的。

（楊虎下。岳子奇上。）

岳子奇	（西皮搖板）	酒不醉人人自醉， 色不迷人人自迷。
	（白）	今個在家裏，坐也坐不住。是還要到楊家走走。 開門來！
林玉蘭	（白）	你來啦嗎？
岳子奇	（白）	我來啦。
林玉蘭	（白）	這個叫他們看出來啦。這可怎麼好？
岳子奇	（白）	不要緊。楊盛恭雖有本領，我筆尖一動，要他腦袋使喚。
林玉蘭	（白）	咱們睡覺罷。

（林玉蘭、岳子奇同進帳子。楊盛恭上。）

楊盛恭	（白）	呔，開門來！
林玉蘭	（白）	是誰呀？
楊盛恭	（白）	是楊盛恭在此。
林玉蘭	（白）	兄弟，你來啦嗎？你哥哥不在家。嫂子脫了衣裳，睡了覺啦。你明天再來罷。
楊盛恭	（白）	我兄長不在家中。那岳子奇可在裏面？
林玉蘭	（白）	哎呀，我的媽呀！

（岳子奇怕，林玉蘭藏岳子奇，林玉蘭開門。楊盛恭入帳子殺岳子奇，楊虎下椅子，林玉蘭下，楊盛恭追下，楊虎隨下。）

【第五場】

（林玉蘭上，楊盛恭追上，楊虎上。林玉蘭坐地。）

林玉蘭	（白）	哎呀，我的當家的！
楊虎	（白）	哎呦，我的趕車的！
林玉蘭	（白）	你同兄弟面前，給我講個人情罷。
楊虎	（白）	我問你，同岳子奇幹過幾回。你以後還敢不敢啦？

林玉蘭	（白）	我們就是這一回呦。我們可是再也不敢啦。
楊虎	（白）	你不敢啦，就好辦啦。 兄弟，你看著哥哥的面上，饒了你嫂子罷。
楊盛恭	（白）	若不將她殺死，那岳子奇何人償命？
林玉蘭	（白）	哎呀，不好啦！
楊虎	（白）	兄弟你替我代勞罷，我真下不去手。

（楊盛恭殺林玉蘭，楊虎挑二人頭。）

楊盛恭	（白）	你我兄弟去到衙中投首。
楊虎	（白）	走。 岳子奇，你這個王八蛋肏的。 媳婦，你給我個乖乖罷。

（楊盛恭、楊虎同下。）

（完）

《戰宛城》（《張繡刺嬸》）

（根據 1935 年荀慧生演出本整理）

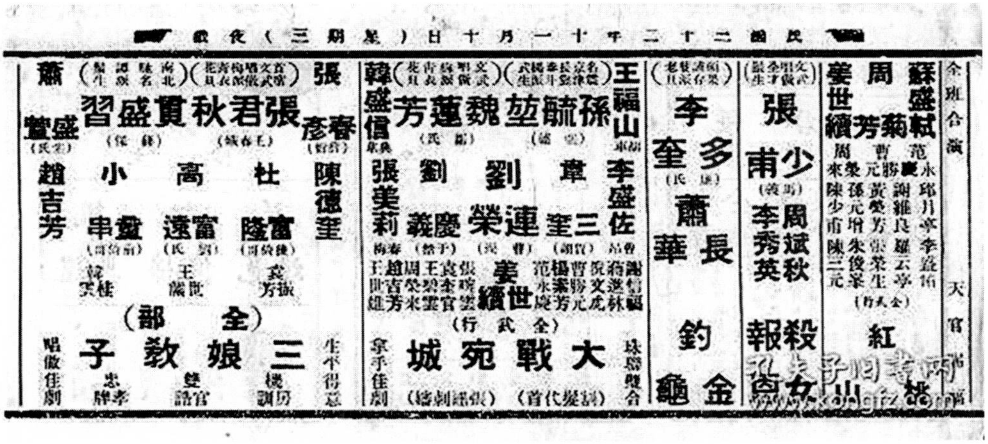

上世紀三十年代演出《戰宛城》的老戲單

主要角色

張繡：武生

鄒氏：旦

曹操：花臉

曹安民：丑

夏侯惇：武花

【第一場】

（鄒氏上）

鄒氏　　（唱西皮原板）暮春天日正長心神不定，
病懨懨懶梳妝短少精神。
素羅幃歎寂寞腰圍瘦損，
辜負了好年華貽誤終身。
奴家、鄒氏，先夫張濟，拜授驃騎將軍，不幸去世，如今已有三載，膝下無子，只有侄兒張繡，尚得依靠。雖然豐衣足食，終難稱意。但見春光明媚，暖風薰人，蝴蝶穿花，正所謂良辰美景，哎呀天哪！好不焦噪人也！
（唱西皮原板）可憐我獨守孤燈夜難寢，
又遇著兵荒亂晝夜心驚。
但願得破曹兵地方安靖，

（《小開門。二鼠相鬥介。鄒氏看介）

鄒氏　　啊！（接唱）嬸侄們無慌恐共享太平。

（春梅上）

春梅　　夫人用茶。

鄒氏　　搭杯

春梅　　夫人，我見夫人沉吟不語，意懶心煩，莫不是您有什麼心事不成麼？

鄒氏　　這個！

春梅　　夫人不言，春梅倒也明白啦。

鄒氏　　明白何來？

春梅　　想老爺去世已有三載，夫人朝思暮想，幾乎成病，依我看來，您不如看書彈琴，消此煩悶。

鄒氏　　哎呀，春梅呀！
（唱西皮散板）看古書解不了心中愁悶，
我哪有閒心情去撫瑤琴？

（院子上）

院子　　忙將降曹事，報與夫人知。參見太夫人，

鄒氏　　罷了。院公到此何事？

院子　　大事不好了。

鄒氏　　何事驚慌？
院子　　少老爺帶領全軍降曹去了。
鄒氏　　哦！降曹去了！
春梅　　院公，你這兒來，降曹是怎麼回事啊？
院公　　降曹，就是不殺我們的頭了。
春梅　　噢！降曹就是不殺我們的頭啦？
院公　　是的。
春梅　　哎呀夫人，咱們就快去降曹吧
鄒氏　　不必多言，院公過來！
院公　　是。
鄒氏　　命你前去打探，若有急事，速來回報。
院公　　遵命！（下）
鄒氏　　哎呀且住！張繡哇張繡！前幾日為嬸娘怎祥囑咐與你，叫你千萬不可與曹操交兵對敵。方能吉多凶少。是你不聽嬸娘之言，故爾有此大敗。久聞曹操是個英雄，此番歸降，不知他行事如何！也罷，且聽好音便了！
（唱西皮散板）久聞得曹丞相英雄本領，
春梅　　英雄不過就是會殺人唄！
鄒氏　　（唱）古今來都如此豈只一人！
（鄒氏、春梅下）

【第二場】

（張繡、賈詡上）
張繡　　圍困宛城難決策，
賈詡　　暫且降曹救燃眉。
張繡　　來此已是，先生向前。
賈詡　　待某向前。門上哪位在？
（門官上）
門官　　做什麼的？
賈詡　　今有宛城張繡，帶領參謀賈栩前來投降。

門官　　可有我們的門包？
賈詡　　請尊官笑納。
門官　　候著！有請大將軍。
（夏侯惇上）
夏侯惇　　何事？
門官　　今有宛城張繡，帶領參謀賈詡轅門投降。
夏侯惇　　候著。
（門官下）
夏侯惇　　啟丞相！
曹操　　（內）何事？
夏侯惇　　今有宛城張繡，帶領參謀賈詡轅門投降。
曹操　　（內）吩咐弓上弦，刀出鞘。開門。
夏侯惇　　下面聽著，丞相有令：弓上弦，刀出銷。開門！（下）
眾　　（內）啊！
（四紅龍套、夏侯惇、于禁、許褚、典韋、曹洪、曹仁、李典、樂進、曹操上）
曹操　　夏侯惇聽令！
夏侯惇　　在。
曹操　　下去搜查，搜查完畢，叫他們報門而進。
夏侯惇　　得令！張繡，前來投降，可有夾帶？
張繡　　並無夾帶。
夏侯惇　　某家要搜！
張繡　　這……請搜！
（夏侯惇搜張繡介）
曹操　　他今此來，乃真心也，不必多備人馬，典韋、許褚隨我進城，其餘眾將看守大營。帶馬！【眾隨曹下）

【第三場】

（四龍套、四削刀手火牌軍、賈栩、張繡上，出城迎介。四紅龍套、許緒、典韋、曹昂、曹安民引曹操上，過場。迸城下。張繡等人隨下）

【第四場】

（張夫人、雷夫人乘車上。院子上。張夫人、雷夫人下車。院子迎上。）

院子　　　　參見二位夫人。
張夫人
雷夫人　　　我二人拜見夫人，有勞通稟。
院子　　　　有請夫人。
（鄒氏、春梅上）
張夫人
雷夫人　　　夫人！
鄒氏　　　　請坐！
張夫人
雷夫人　　　有坐。
鄒氏　　　　春梅看茶！不知二位夫人駕到，未曾遠迎，當面恕罪！
張夫人
雷夫人　　　豈敢！我二人來得鹵莽，夫人海涵。
鄒氏　　　　二位夫人到此何事？
張夫人
雷夫人　　　聽說張將軍降曹去了，我二人特來看望夫人。
鄒氏　　　　有勞二位夫人的美意。
張夫人
雷夫人　　　今當美景，我二人約夫人前去遊春，不知夫人意下如何？
鄒氏　　　　奴家奉陪便是。春梅，捧定瑤琴，帶路花園去者
春梅　　　　是。(同下)

【第五場】

（曹安民、曹昂、曹操上）

曹操　　　　（唱西皮散板）這幾日也未曾交鋒打仗，
　　　　　　悶坐在宛城內好不愁腸。
　　　　　　咳！想老夫在這宛城，一不交鋒，二不打仗，好不愁悶人也！
曹安民　　　叔父要是悶得慌，咱們到大街上玩會兒去。

曹操　　去得的？
曹安民　　去得的。
曹昂　　且慢、想你我父子，在這宛城，誰人不知，哪個不曉，若到大街前去玩耍，倘被張繡知曉，豈不被他恥笑。
曹安民　　你書呆子知道什麼，就知道「子曰」！
曹操　　去得的。子侄帶路。
曹安民　　是。
曹操　　（唱西皮散板）叫子侄速帶路大街遊定，
看一看街市上散悶我心。（同下）

【第六場】

（丫環、春梅、張夫人、雷夫人、鄒氏上）
鄒氏　　（唱西皮散板）過街樓上閒散悶，
一曲瑤琴靜裏聽。
（鄒氏撫琴介。曹昂、曹安民、曹操上）
曹操　　（唱西皮散板）走大街過小巷觀看風景，
觀不盡一處處柳晴花明，
見佳人站門樓容顏美俊，
好一似天仙女降下凡塵。
呃！
一霎時她把我心腸打動。
曹安民　　往上瞧！
曹操　　（唱西皮散板）回營去定良謀再訪詳情。
（曹操、曹昂、曹安民下）
鄒氏　　呀！
（唱西皮散板）觀此人與亡夫一般貌品，
張夫人
雷夫人　　我們也要告辭了。
鄒氏　　恕不遠送。
（張、雷二夫人下）
（接唱）不由我情脈脈惹動芳心。（同下）

【第七場】

（曹昂、曹安民、曹操上）

曹操　　（唱西皮快板）適才間觀女子十分美俊，
　　能與她配鸞凰方稱吾心。
　　曹安民張繡送來酒筵。

曹操　　大家同飲！

（曹昂、曹安民、曹操飲酒介）

曹操　　寡酒難飲。

曹安民　　哪裹是寡酒難飲，簡直的您是有心事。

曹操　　心事倒有，只怕你猜它不著。

曹安民　　我一猜就猜著。方才在大街之上，您看見那個女子，八成是動了心了吧？

曹操　　心事被你猜破，不能成功，也是枉然，

曹安民　　我能辦得來。

曹昂　　且慢！你我父子，不可做此傷天害理之事。

曹安民　　你知到什麼，你叫「子曰」把你給纏住啦！

曹操　　好，去至典韋營中，挑选四十名精壯兵卒，快去！快去！

曹安民　　是，（欲下介）

曹操　　轉來，不要囉嗦！

曹安民　　是。

（曹操下）

曹操　　看你是怎生得了！（下）

（四下手、車夫暗上）

曹安民　　走著，走著、（同下）

【第八場】

（春梅、鄒氏上）

鄒氏　　（唱西皮散板）悶坐房中心煩悶，
　　眼跳心驚為何情？

（曹安民、四下手、車夫上）

曹安民　　到啦，到啦，跟我進來。
鄒氏　　你們是哪裏來的？
曹安民　　你不用問啦，走吧1
（四下手搶鄒氏、春梅下。院子上，扯曹安民。被曹推倒介）
曹安民　　好不識抬舉！（下）
院子　　且住1哪裏來的這夥官兵，將太夫人與使女春梅搶去，不免報與少老爺知道。（下）

【第九場】

（曹安民、四下手、鄒氏、春梅、車夫上，四下手、車夫下）
曹安民　　有請叔父！
（曹操上）
曹操　　啊，你回來了。可曾辦到？
曹安民　　辦到啦。人也到啦。
曹操　　免差一月。
曹安民　　多謝叔父（下）
曹操　　哈哈哈……！
鄒氏　　喲、這是哪兒呀？咱們回去吧！
曹操　　只管坐下。
鄒氏　　謝坐！
曹操　　你是何人的寶眷哪？
鄒氏　　我乃張濟之妻，張繡之嬸母，奴家鄒氏。
曹操　　哎呀錯了！原來她張濟之妻，張繡之嬸母，被他們搶來、錯了！（想介）呃，以錯就錯。啊，美人，張繡獻城，若不是看在夫人份上，早已滅門九族矣！
鄒氏　　多謝丞相。
曹操　　你可認識老夫？
鄒氏　　久聞丞相大名，我如雷貫耳。今日一見，果然名不虛傳。
曹操　　這是何人？
鄒氏　　使女春梅。

曹操　　見過老夫
鄒氏　　春梅見過丞相。
春梅　　我不去。
鄒氏　　呃!見過丞相!
春梅　　參見丞相!
曹操　　罷了!擺上酒筵,與夫人同飲。
鄒氏　　天已不早,奴要回去了。
春梅　　是呀,我們該回去啦。
曹操　　今晚就在營中安歇。
鄒氏　　我們要回去了。
春梅　　我們隨身的衣服未曾帶來,我們要回去了。
曹操　　老夫明日差人去取。想亦晚也。
鄒氏　　奴家遵命。春梅掌燈!(圓場)
曹操　　出去!
春梅　　出去?
曹操　　叫你出去!
鄒氏　　哄你出去,
曹操　　過來,我有話對你言講。
春梅　　啊,怎麼事?(推介)
曹操　　滾了出去!(曹操、鄒氏。入帳淫聲)
春梅　　這深更半夜的,叫我上哪兒去呀?(窺聽介)
(曹安民上,換衣介)
曹安民　　你是誰?
春梅　　我是春梅。
曹安民　　春梅,跟我走吧。
春梅　　我不去!
曹安民　　丞相有令,違令者斬1(曹安民拉春梅下)

【第十場】

(張繡,二旗牌上)

張繡　　　俯首依人豈是計，
　　　　　暫保宛城待來時。
（院子上）
院子　　　參見少老爺！大事不好，
張繡　　　何事驚慌？
院子　　　方才來了一夥兵卒，將太夫人和春梅搶了去了。
張繡　　　可是我軍的打扮？
院子　　　不像我軍打扮。
張繡　　　報事不明，再去打探！
院子　　　遵命！
（院子下）
張繡　　　且住，時才家院報導，來了一夥軍卒，將我嬸娘和侍女春梅搶去。我想這城內之兵，俱是曹操所管，此事定是曹……哦，哦，有了！我不免去至曹營打探。左右！
旗牌　　　有。
張繡　　　帶馬！
旗牌　　　啊！
張繡　　　（唱西皮搖板）猛聽得家院報怒火上升，
　　　　　膽大的小軍們竟敢胡行。
　　　　　叫人來帶坐騎來把路引，（張繡、旗牌下）
　　　　　（接唱西皮搖板）到曹營必需要見機而行。

【第十一場】

（張繡、門官上）
張繡　　　煩勞通稟，張繡求見丞相。
門官　　　丞相尚未起床。
張繡　　　啊，天已過午，尚未起床？煩勞通稟，張繡有機密大事，求見丞相。
門官　　　候著。有請丞相。
（曹操、鄒氏上）

曹操	何事?
門官	張繡要見。
(鄒氏跑下)	
曹操	叫他進來!
門官	張將軍,丞相喚你,小心了!
張繡	是。
(門官下)	
張繡	丞相在哪裏,丞相在⋯⋯
曹操	嗯哼,
張繡	丞相在上,張繡大禮參拜!
曹操	罷了。坐下。
張繡	謝丞相!丞相連日勞倦,夜睡安否?
曹操	昨晚麼?好,好,好!啊!張將軍老夫與你叔父交好甚厚,從今以後你我要叔侄相稱。
張繡	這⋯⋯這!
曹操	無需推辭。
張繡	丞相抬愛,繡願以子侄之道。
曹操	吃杯茶。
張繡	不渴。
曹操	看茶來!
張繡	不用!
曹操	看茶來!(春梅捧茶具上)
春梅	哎呀!(跑下)
曹操	侄兒,侄兒!
張繡	啊!丞相!
曹操	要叫叔父。
張繡	嘔,叔父!
曹操	哈哈哈⋯⋯!待老夫打本進京,另加升賞。
張繡	多謝丞相!繡,告辭。
曹操	請便!

張繡　　且住，適才春梅前來獻茶，我想此事，定是曹操所為。曹操哇曹操、我不殺……
曹操　　侄兒，侄兒！
張繡　　哦，哦，叔父！
曹操　　侄兒為何背地沉吟？
張繡　　侄兒不敢。
曹操　　天色不早，回營去吧！
張繡　　遵命！（二旗牌上）
　　正是：休將神色露，回營定計謀。
　　（二旗牌、張繡下。鄒氏、春梅上）
鄒氏　　啊，丞相，方才我侄兒到此何事？
曹操　　過營探望老夫，我用言語打動於他，從今以後要叔侄相稱。
鄒氏　　想我侄兒張繡，行事意狠心毒，不如將他殺了吧。
曹操　　呃！哪有叔父斬殺侄兒的道理？
鄒氏　　如此丞相要要提防他暗算才好。
曹操　　你我去典韋營中，料然無事。看衣更換。來，車輛走上！
（一車夫上，鄒氏上車介。眾同下）

【第十二場】

（二旗牌、張繡上）
張繡　　好惱哇，好惱！
　　（唱西皮搖板）適才間到大營去見曹操，
　　用言語打動我欺壓英豪。
　　前也思後也想無有計較，
（胡車、賈詡、張先，雷叔上）
（唱西皮搖板）見先生與眾將定計殺曹。
　　可惱哇，可惱！
賈詡　　主公為何這般煩惱？
張繡　　清晨起來，家院報導，來了一夥軍卒，將我嬸娘與侍女春梅搶去？
賈詡　　可像我軍的打扮？

張繡　　不像我軍的打扮！

賈詡　　就該去至曹營打探。

張繡　　是我去至曹營打探，那曹操用言語打動於我，又與我叔侄相稱，使女春梅前來獻茶，我想此事定是張繡曹操所為，那曹操他一一一一欺我太甚！

賈詡　　請問主公，此仇報也不報？

張繡　　哎呀先生啊，想這不共戴天之仇，焉有不報之理！

賈詡　　主公若報此仇，下官有計獻上。

張繡　　有何妙計？

賈詡　　主公備酒二席，一帖送到曹營，一帖請典韋過營飲宴。再命我營將士，扮做馬夫模樣，在營外押馬。想為大將者，定有愛馬之意。主公將馬與馬童送與典韋，用酒將他勸醉，夜晚盜他雙戟盔鐙。雙戟盔蹬到手，將觱篥吹起，那時主公統領人馬，殺入曹營，那怕曹賊不滅！但是一件。

張繡　　哪一件？

賈詡　　只以是我營將士，無人扮此馬夫，也是枉然、

胡車　　主公，俺胡車不才，願扮馬夫模樣，去到典韋營中，盜他的雙戟盔鐙。

張繡　　將軍有此膽量？

胡車　　有此膽量！

張繡　　請受我一拜，

（張繡、胡車互拜介）

張繡　　請坐！

胡車　　謝坐！

張繡　　先生分派。

賈詡　　旗牌過來！

旗牌　　在。

賈詡　　一帖送至曹營，一帖請典韋進營飲宴。

旗牌　　遵命！（二旗牌下）

賈詡　　我等各率兵勇，待明日月夜觱篥一響，殺入曹營，此功成也。

張繡　　　　各自準備，依計而行。
（眾下）

【第十三場】

（牌子。胡車拖雙戟盔鐙上。吹響觱篥。張繡率眾殺上。殺典韋。曹軍大敗）

【第十四場】

（曹操、鄒氏、春梅、曹安民、曹昂上。張繡率眾追上，刺死曹安民。曹眾逃下。張繡率眾追下）

【第十五場】

（曹操、鄒氏、春梅、曹昂上）
曹操　　　　兒呀，你的大哥呢？
曹昂　　　　被張繡刺死了，
曹操　　　　兒呀……啊哈哈哈，
曹昂　　　　爹爹為何發笑？
曹操　　　　我笑那張繡無謀。若是老夫用兵，在此地埋伏一梢軍馬，我命休矣！
（許楮等幕內喊介）
曹操　　　　哎呀！
（四紅龍套、夏侯惇、于禁、許緒、曹洪、曹仁、李典上）
夏侯惇　　　丞相！
曹操　　　　你們從那裡而來？
夏侯惇　　　大營中來，特來保護丞相。
曹操　　　　與老夫挑選二騎！
眾將　　　　（指鄒氏）這是何人？
曹操　　　　此乃張濟之妻、張繡之嬸母。
眾將　　　　營中不帶家眷。
曹操　　　　她待我好。
眾將　　　　呃！營中不帶家眷。
鄒氏　　　　喂呀……

曹操　　　　　　好，帶馬！帶馬！

鄒氏　　　　　　曹操啊！曹操！我們在家裏好好的，你、你、你把我們搶來，如今張繡要殺我們，你不管我們了。曹操啊，我把你這老賊！

（曹操與眾將同下。張繡領四火牌、四削刀手、張先、雷叔、胡車上。刺死春梅介）

鄒氏　　　　　　張繡，你敢麼是殺昏了？

張繡　　　　　　住口！你做下此事，敗壞我家門庭。今日見面，我豈肯容你！

（張繡刺死鄒氏介）

張繡　　　　　　眾將官，殺！

眾啊！（同下）

《西湖陰配》

（根據 1935 年筱翠花演出本整理）

京劇《西湖陰配》劇照筱翠花飾演李慧娘

主要角色

李慧娘：旦
賈似道：花臉
裴稚卿：小生
廖應忠：武丑

【第一場】

（李慧娘上。）

李慧娘	（西皮搖板）	悠悠蕩蕩風一陣， 來了屈死一亡魂。
	（白）	我，慧娘。是我那日遊玩西湖，偶遇裴生，不該與他眉來眼去，不想被書童看破，說與平章老兒。可恨那賊，將我叫至前庭，一言不發，拔出寶劍，竟將奴家一刀殺死。是我到了陰曹，訴與五殿閻君。閻君言道：我與裴生還有姻緣之分，又蒙判官老爺賜我陰陽寶扇一把。今日不免去至書館，一來與裴生敘敘情腸，二來成卻婚姻之事。可說是天呀，天呀！想我慧娘，死的好不苦也！
	（西皮正板）	有靈魂在花園淚流滿面， 思想起奴的命珠淚不乾。 只因為與裴生見了一面， 絕不該贈絹帕惹下禍端。 恨老賊在前庭把我來喚， 拔寶劍殺得我命喪黃泉。 到陰曹見閻君把冤來喊， 蒙判爺賜寶扇對我來言。 他說我與裴生有夫妻情面， 我不免到書館成就姻緣。

（李慧娘走浪頭三次，俏步轉身戴鬼臉。三鑼。李慧娘下。）

【第二場】

（裴稚卿上。）

裴稚卿	（西皮搖板）	那一日在西湖閒遊散悶， 又誰知賈平章他知我名。 他叫人請我把相府來進， 留至在書館內攻讀書文。

（李慧娘上。）

李慧娘	（西皮快板）	閻王殿前把我差， 去到書館赴陽臺。
	（白）	開門來！
裴稚卿	（白）	嚇，黑夜之間，是何人叫門？
李慧娘	（白）	開門來！

（裴稚卿開門。李慧娘進門。裴稚卿兩旁張望。）

裴稚卿	（白）	並無有人，想是書童進來，待我將門閉上。

（裴稚卿進門，與李慧娘對面。）

裴稚卿	（白）	嚇，你從哪裏進來的呀？
李慧娘	（白）	我從門裏進來的。
裴稚卿	（白）	我為何不曾看見？
李慧娘	（白）	燈影之下，你怎能看得分明？
裴稚卿	（白）	你是何人，前來做甚？
李慧娘	（白）	我是府中侍女，特來與你解悶來了。
	（西皮流水板）	裴生說話真奇怪， 細聽奴家說開懷： 奴為你懶用茶和飯， 奴為你懶把繡鞋穿。 只道書生是青雲客， 誰知你是一個無義郎才。
裴稚卿	（白）	你住了吧！黑夜之間，你是一女子，來到我的書館，倘若叫人看見，多有不便！

	（西皮散板）	倘若被人來看見， 叫我怎樣把話言？
	（白）	你快走了去吧！
李慧娘	（西皮快板）	有慧娘，用目觀， 看看裴生好容顏。 在書館與你成婚配， 不顧羞恥拉衣衫。

（李慧娘做拉頭三次。）

李慧娘	（西皮快板）	裴生不從婚姻事， 眼前就有大禍端。
	（白）	你若不從，眼前就有殺身大禍！
裴稚卿	（白）	哦喝是了，想是那平章，叫你前來調戲與我。我若從了，那平章豈能將我饒恕？你快快走了出去！
李慧娘	（白）	我且問你，那日你遊西湖，見一佳人，給你丟下絹帕，你可記得？
裴稚卿	（白）	那是慧娘，我是怎生不記得？
李慧娘	（白）	你可想見此人麼？
裴稚卿	（白）	那是自然。
李慧娘	（白）	你遠看⋯⋯
裴稚卿	（白）	無有人呀！
李慧娘	（白）	你近覷⋯⋯
裴稚卿	（白）	莫非你就是慧娘？
李慧娘	（白）	不敢！
裴稚卿	（白）	待我掌燈細細看來！

（裴稚卿取燈照李慧娘。）

裴稚卿	（白）	果然不差，請坐。
李慧娘	（白）	告辭！
裴稚卿	（白）	你往哪裏去？
李慧娘	（白）	倘被人看見，多有不便！

裴稚卿	（西皮搖板）	慧娘說話理不端， 細聽小生說根源， 我與你成就了姻緣事，
李慧娘	（西皮搖板）	我二人上牙床倒鳳顛鸞。

（裴稚卿、李慧娘同入帳，同下。）

【第三場】

（賈似道上。）

賈似道	（西皮搖板）	惱恨裴生理不端， 調戲我愛妾為哪般？
	（白）	老夫，賈似道。隱居西湖。可恨裴生，調戲我愛妾慧娘。是我已將慧娘殺死，把裴生誆進府來，要害他一死！

（院子上，李慧娘隨上。）

賈似道	（白）	來，喚廖應忠進見。
院子	（白）	廖應忠進見！
廖應忠	（內白）	來也！

（廖應忠上。李慧娘用寶扇搧廖應忠，廖應忠退。）

廖應忠	（白）	參見相爺！
賈似道	（白）	命你三更時分，去至書館，將裴生殺了見我。
廖應忠	（白）	遵命。

（李慧娘搧寶扇，火彩，下。廖應忠隨下。）

賈似道	（白）	裴生呀，裴生！管叫你明槍容易躲，這暗箭最難防。

（賈似道下。）

【第四場】

（李慧娘上。）

李慧娘	（西皮搖板）	太師老賊定計巧， 怎不叫人痛心梢。

	（白）	且住。適才老賊與廖應忠定計，要殺裴生一死。我不免去至書館，搭救他的性命。可說是裴生呀裴生，不是我慧娘在此，焉有你的命在！

（李慧娘下。）

【第五場】

（裴稚卿上。）

裴稚卿	（西皮快板）	譙樓鼓打二更盡，不見慧娘為何情？

（李慧娘上。）

李慧娘	（西皮快板）	疾疾走來不消停，快叫裴生開門庭。

（裴稚卿開門。）

裴稚卿	（白）	哎呀我妻！往日來早，今日為何來遲？
李慧娘	（白）	說什麼來早來遲，你的殺身大禍，你還不知麼？
裴稚卿	（白）	我有什麼大禍呀？
李慧娘	（白）	是你非知。可恨那平章老賊。定下暗計，差人前來，要殺你一死！

（裴稚卿驚倒。）

李慧娘	（白）	裴生醒來！
裴稚卿	（西皮導板）	聽一言唬得我三魂不在，

（李慧娘去頭面，換衣。）

裴稚卿	（西皮快板）	叫聲賢妻聽開懷： 老賊定計將我害， 望求賢妻快救我來。
李慧娘	（西皮快板）	裴生休得淚不乾， 聽奴把話說心間： 閻王殿前杷我遣， 我今怎敢不前來？ 手拉裴生花園外， 夫妻們要逃出賊府來。

（李慧娘、裴稚卿同下。）

【第六場】

（廖應忠上。）

廖應忠　（白）　來在書館，為何不見裴生？待我去至花園尋找便了。

（廖應忠下。）

【第七場】

（裴稚卿上，李慧娘隨上。）

裴稚卿　（西皮搖板）　驚死人來唬死人，

李慧娘　（西皮搖板）　苦苦求他為何情？

（廖應忠追上。李慧娘、裴稚卿、廖應忠同衝場。裴稚卿、李慧娘同下。）

廖應忠　（白）　看裴生身旁有一人影，不知他是何人。待我點起火把來殺。

（廖應忠持火把。裴稚卿、李慧娘同上。裴稚卿、李慧娘、廖應忠同翻跟頭，末場撰虎攢下。）

【第八場】

（裴稚卿、李慧娘同上。）

裴稚卿　（西皮搖板）　這一時唬得我三魂不見，
心中好一似滾油煎。

李慧娘　（西皮搖板）　手拉裴生花牆外，
應忠二次殺你來。

（廖應忠追裴稚卿、李慧娘同上，同轉場。）

（李慧娘拉裴稚卿上椅子，李慧娘戴鬼臉，廖應忠嚇倒。李慧娘、裴稚卿裴同下。）

（廖應忠起身。）

廖應忠　（白）　看裴生身旁，好似慧娘鬼魂。打鬼，打鬼！

（廖應忠下。）

【第九場】

（李慧娘、裴稚卿同上。）

李慧娘　（白）　且喜將你救出府來。你我夫妻就此分別了吧。
裴稚卿　（白）　賢妻說哪裏話來？你我夫妻逃出相府，正好常常相聚，為何講說「分別」二字！
李慧娘　（白）　你看我是一人吶，還是一鬼？
裴稚卿　（白）　你行路有影，說話有聲，怎說是鬼？
李慧娘　（白）　你看那廂是誰？
（李慧娘戴鬼臉。裴稚卿嚇倒。）
李慧娘　（白）　裴生醒來！
裴稚卿　（西皮導板）　一見賢妻我魂嚇掉！
（西皮快板）　不由得叫人淚雙拋。
李慧娘　（西皮快板）　裴生不要哭號啕，
聽我把話說根苗：
自從西湖遊玩好，
老賊殺我赴陰曹。
你我結下婚姻事，
因此搭救你命一條。
裴稚卿　（白）　賢妻縱然是鬼，我也難以捨得！
李慧娘　（西皮快板）　本當不回陰曹府，
閻王怪罪誰承招？
耳邊又聽鬼鈴叫，
夫妻們分離在荒郊。
（二鬼卒拉李慧娘。李慧娘、裴稚卿同哭。）
裴稚卿　（哭）　妻呀！
李慧娘　（哭）　夫呀！
（裴稚卿、李慧娘同下。）
（完）

《頭本雙釘記》(《白金蓮》)

（根據 1921 年王大錯編著《戲考》整理）

上世紀三十年代筱翠花與馬富祿合作演出《頭本雙釘記》劇照

主要角色

白金蓮：旦

賈有禮：丑

胡能手：丑

陰陽先生：丑

【第一場】

（白金蓮上。）

白金蓮	（念）	生來命運蹇，終日受煎熬。
	（白）	奴家白氏金蓮，許配胡能手為妻。吃亦不得吃，穿也沒得穿，外頭欠了不少的賬，天天有人上門要賬。他怎麼老不死，等他死了我就好。

（債主上。）

債主	（白）	開門！
白金蓮	（白）	是哪個？
債主	（白）	是我。
白金蓮	（白）	何事？
債主	（白）	你丈夫欠我的錢，今天要了。
白金蓮	（白）	大爺，我丈夫不在家，你的錢過了月底，二十五、六，一準送來。
債主	（白）	你要送來的嚇。

（債主下。）

白金蓮	（白）	慢走不送。 你們看看，有人前來要賬，他睡到這個時候還不起來。 我說你該起來罷！

（胡能手上。）

胡能手	（數板）	家住安徽石碑街，討個老婆會賣乖。前門開的裁縫鋪，後門又把窯子開。這個買賣不發財，只是活該真活該。
	（白）	老婆，叫你老子出來什麼事？
白金蓮	（白）	你睡到這個時候，有人來要賬，你可曉得？
胡能手	（白）	哪一個問老子要錢？
白金蓮	（白）	你欠人家錢的麼！
胡能手	（白）	老子不欠錢。
白金蓮	（白）	你不欠錢，王八蛋欠人家的錢！

(院子上。)

院子	(白)	開門!
胡能手	(白)	老婆,有人來了。你說老子不在家。
白金蓮	(白)	我說你在家。
院子	(白)	胡能手,張老爺叫你去做袍子套子。
胡能手	(白)	曉得了。
院子	(白)	你快去。

(院子下。)

胡能手	(白)	老婆,我老子要發財了。張老爺叫我去做袍子套子,你把我的傢伙熨斗拿過來。
白金蓮	(白)	傢伙在這裡。你有錢回來,若是無錢麼,你就死在外面,不要回來呢。
胡能手	(白)	老子有錢無錢總要回來的。
白金蓮	(白)	你沒有錢,我要與你散蕩。
胡能手	(白)	你要同老子散蕩,什麼叫做「散蕩」?
白金蓮	(白)	你幾時回來?
胡能手	(白)	老子不曉得幾時回來。
白金蓮	(白)	你不曉得麼,你就與我死了出去罷!

(白金蓮下。)

胡能手	(白)	這個娘賣屄的!她要同老子散蕩,思想起來,好不命苦也!
	(西皮搖板)	我今低頭來暗想, 可恨父母做事差。 三十六行都好做, 為什麼叫我學裁縫?

(胡能手下。)

【第二場】

(賈有禮上。)

賈有禮	(西皮搖板)	酒不醉人人自醉, 色不迷人人自迷。

	（白）	我，賈有禮。在四馬路口開了一個綢緞鋪。只因胡能手，欠我一匹湖縐的錢，老不還我。他的老婆，生來不錯。不免待我前去。胡能手在家，我只說要錢；倘若他不在家，我與他老婆眉來眼去，如若此事成功，這乃是我父母的陰功、祖上的德行也。
	（西皮搖板）	三步當做兩步走， 一步來到他家門。
	（白）	大嫂開門！
	（白金蓮上。）	
白金蓮	（西皮搖板）	忽聽門外有人聲， 待我開門看分明。
	（白）	是哪個叫門？
賈有禮	（白）	是我。
白金蓮	（白）	原來是賈大爺。我丈夫不在家，你不要上門要賬。我丈夫說，過了二十五、六，一準送來。你慢走嚇，我不送你了。
賈有禮	（白）	你怎麼叫我走？
白金蓮	（白）	你不曉得，我這樣說麼，間壁街坊聽見，他們當你走了。
賈有禮	（白）	你這一套，真真有的。
白金蓮	（白）	我沒有這點肚才，怎能做內掌櫃的。
賈有禮	（白）	大嫂你好。我不在這裡，你們夫妻二人可曾吵鬧麼？
白金蓮	（白）	哎，大爺嚇！
	（西皮搖板）	自從大爺出門後， 天天打罵我難做人。

（白金蓮哭。）

賈有禮	（白）	你不要哭，明天把他幾百兩銀子，叫他到別處開裁縫鋪去。

白金蓮　（白）　你出門到哪裏去的？
賈有禮　（白）　我到廣東省去的，帶了許多好東西來送你。
白金蓮　（白）　什麼好東西？
賈有禮　（白）　眼鏡子，百家鋃，大煙槍，你看好不好？
白金蓮　（白）　這些東西，你自己留著吧。
賈有禮　（白）　我今天回來，要高興高興。
白金蓮　（白）　什麼叫高興？你快出去，我要叫呢。
賈有禮　（白）　哎呀我的媽嚇！你不要叫，我出去呢。
白金蓮　（白）　你回來。
賈有禮　（白）　做什麼？
白金蓮　（白）　我同你鬧白相的。如此你我睡去吧。
賈有禮　（西皮搖板）　今日好比七月七，
白金蓮　（西皮搖板）　牛郎織女會佳期。
（白金蓮、賈有禮同進帳。胡能手上。）
胡能手　（西皮搖板）　放開大步往前進，
不覺來到自家門。
（白）　張老爺待我老子真真好，請我吃了大碗酒大塊的肉，還把我一弔錢。我要回家了。你們看看，青天白日把門關上，成什麼樣兒，待我來叫門。
老婆開門，老婆開門！
（白金蓮出帳。）
白金蓮　（白）　哪個叫門？
胡能手　（白）　我老子回來了。
白金蓮　（白）　來了。
賈有禮　（白）　哎呀，你丈夫回來了。叫我怎麼好？
白金蓮　（白）　你不要害怕，睡在床上，待我前去開門。
胡能手　（白）　你快開門，嚇，老子回來呢。
（白金蓮開門。）
白金蓮　（白）　進來。

胡能手　（白）　老子就進來了。
白金蓮　（白）　你怎麼回來了？
胡能手　（白）　老婆，張老爺待老子真真好。袍子套子做好了，他請我吃了大碗的酒、大塊的肉，還把我一弔錢。
白金蓮　（白）　錢拿來。
胡能手　（白）　慢來。你說道要同老子散蕩，就散蕩！
白金蓮　（白）　我與你鬧著玩的，我怎麼捨得你這好樣子嚇。
胡能手　（白）　你不要灌迷湯，錢麼你拿過去。老婆，今天老子要到你房裏睡去，要高興高興。
白金蓮　（白）　你今天在房外頭睡吧，我的肚子痛，不能高興。
胡能手　（白）　老婆，這頂帽子是賈有禮這個婊子養的麼？
白金蓮　（白）　不是的。他們叫我做樣子的。你睡吧。
胡能手　（白）　老婆，我同你夫妻一場，你要快點嚇。
白金蓮　（白）　你快睡吧。
胡能手　（白）　我睡吧，咳咳，
（念）　我今天脫下鞋和襪，不知明天穿不穿。
（白）　哎，祖宗嚇！祖宗嚇！
白金蓮　（白）　你睡吧，睡好，我與你蓋上，好好的睡。嘿，你快出來吧！

（賈有禮出帳。）

賈有禮　（白）　哎呀，我心裏好害怕，你開門，我要回去了。
白金蓮　（白）　什麼，你要回去？
賈有禮　（白）　我要回去。
白金蓮　（白）　好容易他睡在外面，你倒要回去了。
賈有禮　（白）　我不回去有什麼事？
白金蓮　（白）　叫你把他害死了。
賈有禮　（白）　哎呀我的媽呀，我從來麼沒有害過人。待我快快回去吧。

白金蓮　（白）　好嚇，你只管回去，我今晚把他害死，明日只說你叫我把他死的，看你往哪裏跑？

賈有禮　（白）　哎呀，你不要害我。

白金蓮　（白）　不要回去，幫著我。你去拿釘過來。看我的，你走開。

（賈有禮抖。）

白金蓮　（白）　待我動手。

（白金蓮釘，胡能手死。）

白金蓮　（白）　你看見沒有，我為你把他害死，你我做一個長頭夫妻。

賈有禮　（白）　好了好了，我要回去了。

白金蓮　（白）　慢走，我問你，幾時來接我到你家去？

賈有禮　（白）　過了三七二十一天，我來接你。

白金蓮　（白）　你不要忘了。

賈有禮　（白）　我不能忘的，你快開門，讓我走吧。

（白金蓮開門，賈有禮下。）

白金蓮　（白）　害個把人，算不了什麼，待我假意哭起來。哎呀我的夫嚇，夫嚇！

（四鄉鄰同上。）

四鄉鄰　（同白）　大嫂子為什麼啼哭？

白金蓮　（白）　我丈夫死了。

四鄉鄰　（同白）　什麼毛病死的？

白金蓮　（白）　昨晚急病死的。

四鄉鄰　（同白）　總要請個陰陽開開亡榜。

白金蓮　（白）　兄弟，我家裏沒有人，你替我去請吧。

鄉鄰甲　（白）　待我去。

我說陰陽先生可在家麼？

（陰陽先生上。）

陰陽先生　（白）　不在家。

鄉鄰甲	（白）	不在家為什麼說話？
陰陽先生	（白）	人不在家嘴在家。
鄉鄰甲	（白）	好，你就把嘴請出來吧。
陰陽先生	（白）	我連嘴連人都出來呢。你家裏死了什麼人？
鄉鄰甲	（白）	不是的，間隔的裁縫胡能手死了。
陰陽先生	（白）	他是個好人，從來沒有死過，這是頭一回死，待我去。
鄉鄰甲	（白）	有勞你了。
陰陽先生	（白）	大嫂子。
白金蓮	（白）	陰陽先生。
陰陽先生	（白）	死人在哪裏？
白金蓮	（白）	在這裡。
陰陽先生	（白）	大嫂子，你好大的膽子。
白金蓮	（白）	什麼事？
陰陽先生	（白）	不是別的，我講你一個人在這裡怕不怕。我問你，他今年多大年紀？
白金蓮	（白）	四九三十六歲。
陰陽先生	（白）	幾月裏生的？
白金蓮	（白）	五月初五日午時。
陰陽先生	（白）	好厲害的時辰。大嫂子你聽著：他這人心是直的，歡喜戴高帽子的，走的是竹節運，脾氣毛鬆鬆的，後來有兩子送終。你拿去蓋在面上，我要去了。

（陰陽先生下。）

白金蓮	（白）	不送你了。兄弟，你幫著我一同扛下去吧。

（四鄉鄰扛胡能手同下，白金蓮下。）

（完）

《翠屏山》（殺嫂投梁）

（根據 1924 年王大錯編著《戲考》整理）

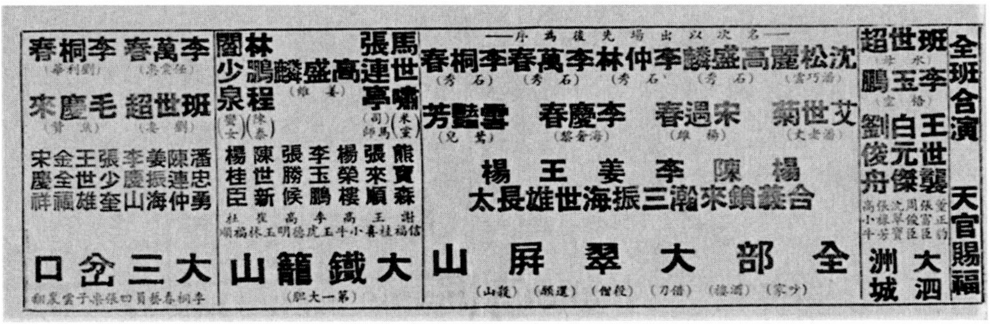

上世紀三十年代初群英薈萃合演《翠屏山》的廣告

主要角色

潘巧云：旦

雲兒：旦

石秀：武生

楊雄：生

和尚：丑

潘老丈：丑

【第一場】

（潘巧雲上）

潘巧雲	（引）滿懷心中事，都在不語中。 （白）春逢三月桃花放，雨打荷花滿池塘。 應時秋月黃花酒，冬來臘梅分外香。 奴家潘氏巧雲，配夫石遠。石遠一死，後嫁楊雄。想那大郎習學拳捧，不喜枕前之歡。是我與海師父私下勾情，常來常往，又被石秀看破。石秀在外面，必要與我大郎言講，搬動是非。大郎回來，豈肯與我甘休。石秀啊石秀，沒有此事便罷。若有此事，嫂嫂豈肯與你甘休。 （唱）潘氏女坐前堂自思自想， 思想起奴心內事好不悲傷。 但願得與楊大郎鴛鴦拆散， 我與那海師父日久天長。
（楊雄上）	
楊雄	走嚇！ （唱）在衙前辭別了眾位賓朋， 自幼兒習拳捧喜上眉容。 （白）俺楊雄。時才在衙前打了幾路拳，要了幾路捧。太爺見喜，賞我大壇酒，大塊肉。故而吃了個薰薰大醉。時才石秀對我言講。我妻潘巧雲，與那海和尚有姦。今日回去，沒有此串便罷，若有此事，定不與這賤人甘休，走嚇！ （唱）只吃得醉薰薰路走不穩。 移步兒來至在自家門庭。 （白）來此已是。開門來。呔！開門來，
潘巧雲	想是大郎回來呢。待我開門，啊，大郎回來了。
楊雄	好賤人！（坐下）
潘巧雲	嚇，大郎回來了麼，
楊雄	好賤人！
潘巧雲	雲兒快來。
（雲兒上）	
雲兒	大奶奶什麼事？
潘巧雲	你大爺回來了。想是要吃茶。快取茶去。

楊雄　　回來，不用。
潘巧雲　　想是沒有吃飯？快做飯去。
楊雄　　回來，亦不用。
潘巧雲　　大郎今天回來，茶不思、飯不想，你心裏打算怎麼樣？
楊雄　　雲兒掌燈。
雲兒　　哦，我們大爺，要睡覺了。(同下)
(同上睡覺)
楊雄　　雲兒，看看外面什麼事？
雲兒　　回稟大爺、大奶奶的話，樑頭燕兒入巢呢。
楊雄　　樑頭燕兒入巢。好惱嚇！好恨！好惱嚇！好恨！
潘巧雲　　樑頭燕兒入巢。大郎惱他何來？恨他怎的？
楊雄　　想那大鵬逢死不配，而那小燕，到晚築巢成雙成對，怎不叫人好惱嚇！好恨！
潘巧雲　　如此話來，你該惱恨。
楊雄　　(唱)清晨起來入西衙，一片心事亂如麻。
猛虎口內咬脆骨，事到頭來不自殺。(吐介)
(潘巧雲咬耳雲兒下)
潘巧雲　　(唱)聽譙樓打罷了初更鼓響，
坐不安睡不眠心中自想。
(白)且住。想我大郎往日回來，歡天喜地。今日回來。愁眉不展，是何原故？哦，是了。(二更)
(唱)想是那小石秀對他言講，
因此上我大郎吵鬧一場。
潘巧雲　　哎呀，且住。想必是石秀在酒席筵前，搬動是非，也是有的。石秀啊石秀，沒有此事便罷，若有此事，嫂嫂豈肯與你甘休。
(小和尚上，三更)
潘巧雲　　(唱)耳邊廂又聽得梆聲響曉，
(拍掌，雲兒上。開門)
雲兒　　(白)我們大爺在家呢。
(小和尚下)

雲兒	那是貓兒捕鼠。
潘巧雲	你下去吧。（四更） （唱）想必是海師父來到門上， 但願得我大郎早把命喪， 我與那海師夫日久天長。 將身兒側臥在象牙床上， 到天明把此話細問大郎。（五更天）

（雲兒上）

雲兒	大爺，大奶奶，天不早了，該起來呢。
楊雄	雲兒，看洗臉水伺候。

（三人洗臉）

楊雄	啊！巧姐。卑人昨晚帶酒回來，可曾講些什麼？
潘巧雲	你嚇，沒有說什麼旁的話。說的只是一個字。
楊雄	說的一個什麼字？
潘巧雲	你撒酒瘟！吶，楊雄，這就是你的不是了。昨晚與朋友吃酒，醉酒回來。與自己老婆撒的什麼酒瘋！
楊雄	啊，巧姐，往後戒酒不吃。
潘巧雲	往後酒不要戒，少吃一點就是。
楊雄	巧姐。看你臉上，變顏變色，莫非有什麼心事？
潘巧雲	想我們娘們人家，吃得飽飽的。喝的足足的，一點心事也沒有。
楊雄	看你臉上，一定有什麼心事。
潘巧雲	想我縱有心事，你也猜不著。
楊雄	慢說你的心事，就是我們太爺的心事，不猜便罷。
潘巧雲	若猜呢？
楊雄	要猜，猜他一個八九。
潘巧雲	今日清閒，沒有事情。你就猜上一猜。
楊雄	啊？什麼心事？啊，有了。我這頭一猜，就要猜著了。莫非是街坊鄰舍得罪了大姐？
潘巧雲	大爺你這頭一猜——

楊雄　　猜著了。
潘巧雲　　猜錯了。
楊雄　　怎麼猜錯了？
潘巧雲　　想我們，街坊好街坊，鄰舍好鄰舍。想我們，沒有什麼不是，縱有不是，不看在我們娘兒們，還要看在大爺你。誰人不知，你在衙門裏進，衙門裏出，是個拿得起來的一個粉紅的頭兒。
楊雄　　頭兒就是了，不要上顏色。
潘巧雲　　如今上點顏色好看。他們也不好意思的。不是的。
楊雄　　啊，頭一猜就猜錯了。第二猜一定要猜著了。
潘巧雲　　請猜罷。
楊雄　　哦，莫非是潘老丈得罪你了。
潘巧雲　　大郎，你這第二猜——
楊雄　　猜著了。
潘巧雲　　更錯了。
楊雄　　怎麼又錯了。
潘巧雲　　你想，潘老丈他是我的爹。
（楊雄、雲兒同諾）
潘巧雲　　怎麼呢？
楊雄　　答應大奶奶的話呀。
潘巧雲　　往後別答應。
楊雄　　什麼？
潘巧雲　　往後不要這麼答應。你想潘老丈他是我的爹。他老人家打得打得。罵也罵得。我敢把他人家怎麼樣呢！你猜的那裡去了，不是的。
楊雄　　哦，又不是的。我這一猜一定要猜著了。莫非是雲兒這孩子，得罪了咱家的大奶奶。待我來打他幾下，給你出出氣。
潘巧雲　　不是的，不是的。你想雲兒是我貼己錢買來的，我叫他上東，他不敢往西。我叫他打狗，
楊雄　　打狗，不要拍我。

潘巧雲　哎嚇，我拍錯了。我叫他打狗，他不敢罵雞。我們娘兒倆高興起來，愛怎麼著就怎麼著。不是的，不是的。

楊雄　哦，又不是的。哎呀，好難猜的心事。這一猜，我一定要猜著了。

潘巧雲　請猜罷。

楊雄　莫非是，卑人昨晚醉酒回來，言語冒犯了當家的大奶奶。

潘巧雲　哎呀，你說的是誰？

楊雄　就是我。

潘巧雲　哎唷，我的大爺，

楊雄　哎唷，我的大奶奶。

潘巧雲　哎呀，我的大太爺。

楊雄　哎呀，我的大太奶奶。

（同云）怎麼這麼客氣。

潘巧雲　常言說的好，夫妻沒有隔夜之仇，總然有點不是，睡到晚上，中間有個說和人，滿天雲彩也都散了。大爺你說的哪裏去了，說到哪裏去呢！

楊雄　哦，又不是的。嚇，這一下，一定要猜著了。莫非是石三郎得罪了大姐。

潘巧雲　你說的是誰？

楊雄　說的是那石三郎。

潘巧雲　大郎進前來。呀呀啐！嚇，他媽的還石四郎呢！

楊雄　哎，大姐為何提起石家兄弟，這樣煩惱？

潘巧雲　我們不說呢。

楊雄　為什麼不說了。

潘巧雲　你想我們婦道人家，吃飽了，喝足了，到說我們搬動是非。說出來你也不信。我們不說了。

楊雄　唉，巧姐如今我改了脾氣，聽老婆的話了。

潘巧雲　哎。如今你聽老婆的話了，可要發財了。

楊雄　哦，以前老不發財，是沒有聽老婆的話。

（同白）雲兒打坐。（雲擺坐）

（同白）這椅子您磨掇的。

雲兒　　上頭說話，底下好抽雪茄煙。

（同白）什麼話。把椅子擺好了。

雲兒　　大爺大奶奶請坐。

潘巧雲　　大爺請坐。

楊雄　　大奶奶請坐。

（全坐下）

楊雄　　石秀弟怎樣得罪了你？

潘巧雲　　待我想想，哦，是的。就是天陰的那一天，

楊雄　　天陰怎麼了？

潘巧雲　　我在房裏作活，

楊雄　　作活怎麼了？

潘巧雲　　石秀站往房門口，

楊雄　　房門口怎麼了？

潘巧雲　　我嚇，怪難為情的。我叫石叔叔上房裏來坐坐。

楊雄　　進來了沒有？

潘巧雲　　他進來了。

楊雄　　進來便怎麼樣？

潘巧雲　　東邊有椅子，西邊有櫈子，他不坐。一屁股坐在我們床上了。

楊雄　　吶，他坐在我們床上。

潘巧雲　　你想我們床上，豈是他坐的！

楊雄　　哎，自家弟兄，坐坐也何妨。不要緊的。

潘巧雲　　我也這麼說，自己弟兄，坐坐不要緊的。坐住，坐住，他就不老實呢。

楊雄　　怎麼不老實？

潘巧雲　　他抓住我的手，他說嫂子，嫂子，哎唷，我的嫂子呀！

楊雄　　哎哎哎，這是石秀的樣兒？他沒有這個毛病。後來便怎麼樣？

潘巧雲　　他說嫂子，我們兩人好一好。

楊雄　　什麼叫作好一好？

潘巧雲　　你們衙門裏當差，連個好一好都不懂？

楊雄　我到不懂。
潘巧雲　他嚇，他要動廳堂瓦。
楊雄　什麼叫動廳堂瓦。
潘巧雲　他要動茅連草。
楊雄　什麼叫動茅連草？
潘巧雲　他要動色！
楊雄　啊啊！這石秀跟我有八拜之交。
潘巧雲　不提你們八拜之交，提起你來他還急呢！
楊雄　他怎麼還急呢？
潘巧雲　他將我堆倒床上，與我來個霸王硬上弓。
楊雄　哈哈，好利害的石秀，跑到我楊雄家裏上起弓來了。啊，巧姐，這硬弓可會讓他上去？
潘巧雲　你不要著急，我要上了這張弓，怎麼讓你在外面露這個臉？
楊雄　快講，快講。這是頂要緊的事情。
潘巧雲　我有一天在家，你教徒弟的把式，偷學了一著。
楊雄　偷學了那一著？
潘巧雲　他與我一個霸王硬上弓，我抓住他兩個手腕子，與他一倜喜鵲登梅，把他登跑了。你瞧好是不好？
楊雄　好，這是楊雄的徒弟，會喜鵲登梅。若不是喜鸛登梅，我就要栽了此事了。
潘巧雲　我說你嚇，幸虧娶了我這個老婆。要是娶了不三不四的，你早成了忘八了。話也說完，信也在你，不信也在你。雲兒打坐。
楊雄　哈哈，他們說這個話，我不能相信。嚇，巧姐，你說這個話，我是不信。我那石弟，不是這樣的人。
潘巧雲　你瞧，不叫我說，說將出來他也不信。嚇，大郎，你不信我的話。你去問問雲兒這丫頭，他也上過他的當。
楊雄　哦，雲兒上過當。快些過來，告訴你大爺。
潘巧雲　雲兒過去，把這話告訴你大爺。
楊雄　把你石叔叔的話，告訴我聽聽。

雲兒	我不敢說。說出來，石叔叔回來一要打我的。
楊雄	他要打你，有你大爺，快些講來。
雲兒	待我想想，哦，就是前天，
楊雄	前天怎麼樣。
雲兒	我在房裏梳頭。
楊雄	梳頭怎麼樣？
雲兒	石叔叔在外頭宰牛。我頭也梳好，他的牛也宰得了，他站在我房門口，
楊雄	站在房門口作什麼？
雲兒	他就進來了。
楊雄	進來幹什麼？
雲兒	他抓住我的手。他說雲兒雲兒，我的寶貝。他問我多大歲數了。我說我是平果桃。
楊雄	什麼叫做平果桃？
雲兒	平果桃。就是十六。
楊雄	他為什麼問你多大歲數？
雲兒	他說雲兒，你老大不小的了。你有婆婆家沒有？
楊雄	有婆家，無婆家，有你大郎大奶奶做主，與他什麼相干？
雲兒	我也這麼說。他說沒有婆婆家，你答應我，我與你打簪子、買鐲子。
楊雄	這是什麼話。你就該提起你大爺。
雲兒	哎呀，不提你哪還好。
楊雄	提起我來呢？
雲兒	他說的，連大爺大奶奶一塊兒頑。
潘巧雲	大郎，你交的好朋友。近前來，呀呀啐！你交的好朋友！(泣)
楊雄	哎呀，石秀。我把你當作仁人君子，誰知你，呀叶！石秀背後也提起他來，啊，巧姐，你在背後講說石秀，石秀背後，也講過你哪！
潘巧雲	想我們婦道人家，有什麼讓他講的。講什麼！說出來，我們聽聽。

楊雄　　哎嚇，不說也罷。說出來有些難為情。

潘巧雲　　有什麼難為情。他講什麼？說出來，我們聽聽。

楊雄　　哎嚇，不說也罷。

潘巧雲　　不要緊的，說出來。

楊雄　　他說你嚇——

潘巧雲　　他說我什麼？

楊雄　　他說你私通一個禿和尚。

潘巧雲　　哎呀，這個話是石秀說的？

楊雄　　不是石秀說，我還說這個好看嗎！

潘巧雲　　石秀嚇，石秀！我把你這個忘入蛋肏的。雲兒，拿剪子剪頭髮，我去當尼姑。不活著了。乾脆我上弔了吧！

（雲潘同哭）

楊雄　　不要啼哭。與他算清賬目，早離我家。

潘巧雲　　你能得罪你的好朋友嗎？

楊雄　　雲兒，請你爺爺。

雲兒　　爺爺有請。

（潘老丈上）

潘老丈　　啊哈。老漢今年八十一，養個兒子九十九，添個孫子一百一。

楊雄　　哎，老丈人。

潘老丈　　女婿大官人。請坐，請坐。

潘巧雲　　爹嚇。我們有事了。

雲兒　　爺爺有事。

潘老丈　　罷了，大清早起，把我弄出來幹什麼？

楊雄　　把您請出來的。

潘老丈　　請出來，弄出來，我總得出來。什麼事？

楊雄　　如今買賣，作不成了。

潘老丈　　頂好生意，怎麼作不成了？

楊雄　　人心大變。

潘老丈　　哎嚇，這是怎麼的了？把我蒙住了。我不懂，這句話是什麼話，雲兒這孩子長的聰明，我來問問他。雲兒過來。

雲兒　　爺爺什麼事？
潘老丈　　你大爺大奶奶，說的人心大變。這是什麼話，我不懂。
雲兒　　我說爺爺，你鬍子都白了。
潘老丈　　鬍子都白了。
雲兒　　這個人心大變都不懂。
潘老丈　　這句話，我到不懂。
雲兒　　人心大變，即是大變人心。
潘老丈　　勞你的架。你不說，我還明白。你一說，我到糊塗了。變在誰人的身上？
（潘巧雲、楊雄同說）應在石秀身上。
潘老丈　　這是好夥計。
楊雄　　不要多管閒事。取我的衣帽過來，上衙門去了。
正是，站在人間貌堂堂，
潘巧雲　　為人莫把廉恥忘。
楊雄　　栽花休栽無花果，
潘巧雲　　交友休交無義的郎！
（石秀上）
石秀　　啊嗨！楊仁兄起床甚早。
楊雄　　哼！貧賤之子不丈夫。
石秀　　背地聽言反談吾。
楊雄　　沙灘無水怎撒網？
石秀　　哎！無謀怎是大丈夫。
楊雄　　哪個是大丈夫？
石秀　　俺是丈夫！
楊雄　　近前來，呸呸呸！
石秀　　啊？我與他朋友相交，為何這樣待我？清算賬目，早離他家。
潘巧雲　　您吃了飯了嗎？
潘老丈　　吃了飯了。
潘巧雲　　吃的什麼呀？
潘老丈　　我吃的豆皮卷山藥。

潘巧雲	哦，好吃麼？
潘老丈	對我的牙口。
石秀	正是：久居令人賤，貧寒親也疏。再住三五載。
雲兒	又來了。
潘巧雲	搬個座兒來真討厭。
石秀	相交不如初。老丈起床甚早。
潘老丈	石夥計來了。雲兒搬個座兒來。
潘巧雲	石秀你過來。我們這兒不是招商旅店，庵觀寺院。想來就來，想走就走！
雲兒	哎。
潘巧雲	雲兒把他罵出去！
雲兒	石秀猴崽子！
石秀	住了！俺不過欠你家幾兩銀子，為何出口就罵？
潘巧雲	短我們的銀子不要啦！
石秀	取俺的原舊包裹來！
潘巧雲	石秀，這是你的原舊包裹，拿上好比那鄉下老兒賣布，你與我走！
石秀	哦！
潘老丈	呃，這就叫人心大變。
潘巧雲	得了！坐著去吧！
石秀	（唱）石三郎進門來雲兒罵道！
潘巧雲	你不打他他就罵你啦？
雲兒	是啊。
潘巧雲	罵你啦！
石秀	（唱）只氣得小豪傑臉上發燒。 忍不住心頭火與她爭吵！
潘巧雲	好，你敢打嫂子嗎？
石秀	不敢！
潘巧雲	你敢罵我嗎？
石秀	也不敢！

潘巧雲	嗯！量你也不敢！
潘老丈	哎！石夥計，慢著慢著！常言道的好，好男不跟女鬥好雞不跟狗鬥！她有什麼不好？你們都瞧著爺爺了！
石秀	還看在楊仁兄生死故交。 走向前施一禮老丈別了， 俺此去奔天涯海走一遭！
潘老丈	石夥計，這就要走了？
石秀	再住無益了。
潘老丈	你有盤纏錢嗎？
石秀	這？
潘老丈	怎麼著？
石秀	慚愧！
潘老丈	年青青兒的人，愛掛這般火，雲兒，拆我的棉褲，有包銀子給掏出來！
雲兒	你那是銀子？
潘老丈	啊。
雲兒	眼藥包！
潘老丈	別掏亂啦！石夥計！這是一點小意思，你帶著它吃飯不飽，喝酒不醉，弄包耗子藥，你搬搬家就得了！
石秀	愧領了！
潘老丈	算不了什麼！
石秀	（唱）謝過了潘老丈恩高義好！
潘老丈	小意思，咱都有交情！
石秀	令媛她待石秀不如蓬蒿。 俺一見潘家女就把牙咬！
潘巧雲	（白）你咬牙？白咬牙！
潘老丈	石夥計要走了！
潘巧雲	越走越遠，拐了彎，看不見。
潘老丈	過去說兩句好話，灌兩句迷魂湯，不就得了嗎？

潘巧雲　說好話呀？石夥計！啊啊，哈哈！嫂子我不會吃酒，吃了幾杯早酒，酒言酒語的，把您得罪了，把那包袱拿回來，在我們家住三兩天。

石秀　哦？三兩天？

潘巧雲　嗯，一半天。

石秀　一半日？

潘巧雲　你哥哥不在家，嫂子我也作不了他的主意，要走您還是走吧！

石秀　哦！

潘老丈　你不是成了米湯。

石秀　（唱）他那裡假意兒將我來招，
走上前施一禮口稱嫂嫂。

潘巧雲　你張口嫂嫂，閉口嫂嫂。嫂嫂待你，有什麼好處？

石秀　有好處。

潘巧雲　你講。

石秀　你聽。
（唱）這幾日連累你多受煎熬。

潘巧雲　說說半天，說出一句有良心話來。嫂嫂清早起來，頭也不梳，腳也不裹。前廳跑到後院，又從後院跑到前廳，我為的是誰呀？

石秀　你為的是那一個？

潘巧雲　我為的是你。

石秀　你為的是我，你為的是我。

潘老丈　慢著，慢著。石眵計，為什麼事吵起來了。

石秀　你家令愛，清晨起來，從前廳跑到後院，後院跑到前廳，他為的是我。

潘老丈　小心些，我沒聽見。再說我聽聽。

石秀　他說前廳跑到後院，後院跑到前廳。他為的是我。

潘老丈　你不要生氣，待我來問問他。丫頭，你說清早起來，頭也不梳，腳也不裹，前廳跑到後院，後院跑到前廳。你為的是誰？

潘巧雲　為的你石夥計。

潘老丈	不是的。
潘巧雲	為誰嚇，
潘老丈	為的那一個，沒有辮子的和尚頭。
石秀	招嚇！
	（唱）吾仁兄回家來好言稟告。
	俺去後休得要詈罵英豪。
潘巧雲	你嫂子這一世不會罵人。
石秀	你不會罵人？
潘巧雲	不會罵人。
石秀	你不會罵人？
潘老丈	什麼事，什麼事。
石秀	你令愛言道，他不會罵人。
潘老丈	我來問問，你說你不會罵人，你罵起人來好有一比，
潘巧雲	好比什麼？
潘巧雲	小蔥拌豆腐，一各瘩一塊。
石秀	招嚇！
	（唱）口似砂糖舌如刀。
潘巧雲	（白）哎嚇。石秀。你說嫂子口似砂糖舌如刀，想我們婦道人家，一要行的正，二要走的端，三條大路走中間。我們一不作賊。
石秀	好，我問你這二。
潘巧雲	嚇！
石秀	我問你這二？
潘巧雲	你管不著。
石秀	你這二，你這二，
潘老丈	石夥計，什麼事？
石秀	他說道，一不作賊，我問他這二。
潘老丈	哎，留神我的眼珠子。你不要生氣，我來問這個二。
石秀	老丈你問這個二，作什麼？

潘老丈　二上我要緊的，有一百洋錢還在櫃上鎖著哪！丫頭，你這三條大路走中間。我間你這一。

潘巧雲　一不做賊。

潘老丈　好，我老頭子露臉，我問你這二。

潘巧雲　爹嚇，你怎麼也要問這二。

潘老丈　二上我有一百洋錢在櫃裏，要緊的。

潘巧雲　二嚇。不偷人家的。

潘老丈　哎嚇，你就壞的這個二上了。

石秀　（唱）心如狼虎膽是貓，有朝犯在三爺手，
剛刀之下豈能饒！

潘巧雲　量不就。

石秀　量得就。

潘巧雲　量不就。

石秀　量得就。
（唱）今日與你分別了，
除非你死我活兩開銷。
哈哈哈，嚇，哈哈，再不來了。（石下）

潘巧雲　好了，好了，可去了。

潘老丈　石秀走了，你們開心了，

潘巧雲　石秀走了，我們是開心了。

潘老丈　石秀走了，我要哭了。

潘巧雲　爹嚇，你為什麼在那裡發笑了？

潘老丈　我在這裡哭嚇。

潘巧雲　你哭什麼？

潘老丈　石秀住這裡，刀前刀後的肉，都與我吃。他走了，我沒肉吃。我怎不哭。

潘巧雲　我們娘兒兩個肉。都與你吃，你不要哭。

潘老丈　你們二人的肉，有一點腥氣，我不要吃。你們養兒養女往上長。

（潘巧雲與雲兒同白）不往上長，還往下長。

潘老丈　　　哦。往上長。養兒子千萬讓他姓楊。

（潘巧雲與雲兒同白）爺爺回來。你這話，話裏有話。楊雄的兒子不姓楊，姓什麼？

潘老丈　　　哦。楊雄的兒子，是姓楊嚇。姓楊吧。

（潘巧雲與雲兒同白）爺爺回來，這話說的明白，楊雄養的兒子，不姓楊，姓什麼？

潘老丈　　　姓楊就姓楊唄！

（潘巧雲與雲兒同白）你把話說明白了，放你走。

潘老丈　　　非要讓我說明白了，我有點難為情，不好意思說。

（潘巧雲與雲兒同白）不要緊的，你說吧！

潘老丈　　　哦，好，楊雄養的兒子，千萬叫他姓楊。不要姓海，海和尚，海奢利。（下）

潘巧雲　　　（唱）老爹爹說此話把我戲耍，
倒叫我潘巧雲無有話答。
叫雲兒你與我把門關上，
等候了海師父來到此間。（全下）

【第二場】

（和尚上）

和尚　　　（唱）時才間在禪堂我把經念，
忽想起潘巧雲美貌佳人。
叫徒弟忙講那梆兒敲定，
我與那潘巧雲敘敘舊情。

（潘巧雲、雲兒上）

潘巧雲　　　（唱）耳邊廂又聽得梆聲響亮，
想必是海師父來到門上。
叫雲兒你與我門兒開放，
我與你紅羅帳好配鸞凰，（全下）

【第三場】

（石秀上）

石秀　　　　（唱）我與那潘巧雲一場吵鬧，
　　　　　　只氣得小豪傑臉上發燒。
　　　　　　正行走，陽關道，
　　　　　　心中惡氣怎難消。
（酒家上）
酒家　　　　敢麼是石夥計？
石秀　　　　正是。
酒家　　　　你慌慌張張，往那裡去呢？
石秀　　　　俺另有公幹。
酒家　　　　石夥計你臉上，氣色不對。
石秀　　　　酒家，我仁兄不在家中，命俺巡街守夜，手中兵刃無有。
酒家　　　　我還里一把刀。
石秀　　　　有刀，好。借刀一用。
酒家　　　　你看，稱手不稱手？
石秀　　　　好剛刀。告辭了。
石秀　　　　石夥計。我這裡有酒，飲上一杯，助助膽量，也是好的。
石秀　　　　有酒！酒家！看酒。（吃酒）
石秀　　　　石夥計再喝兩杯？
石秀　　　　酒也夠了。
石秀　　　　石夥計，天也不早。人也不少，您該走了。
石秀　　　　酒家，酒錢上賬。來白登門叩謝，告辭了。
　　　　　　（唱）在酒樓我得了鋼刀一把。（耍刀下）

【第四場】

（潘巧雲、和尚、雲兒上）
潘巧雲　　　今日好比七月七，
和尚　　　　牛郎織女會佳期。（唾）
潘巧雲　　　海師父為什麼還要唉聲歎氣？
和尚　　　　昨晚偶偶得二夢，俱是不祥。
潘巧雲　　　頭一夢，

和尚　　夢見高樓品簫。
潘巧雲　　高樓品簫，你的名聲在外。
雲兒　　不是的，不是的。
和尚　　怎麼不是的？
雲兒　　高樓品簫，海師父有出去的氣，沒有回來的氣呢！
潘巧雲　　（哼）什麼話！
潘巧雲　　第二夢。
和尚　　夢見海裏漂口棺材。
潘巧雲　　你姓海，海裏漂口棺材，要發財了。
雲兒　　不對，不對。海師父姓海，海裏漂口棺材，海師父死無葬身之地！
潘巧雲　　住口。
（唱）丫頭說話太欠情，
說出口來便傷人。
雲兒與我門關定。
（全下）

【第五場】

（石秀上捉住和尚）
石秀　　什麼人！
和尚　　海、海、海和尚。
石秀　　前來作甚？
和尚　　我化緣來了。
石秀　　白天不來化緣，晚上為何到此？
和尚　　白天沒有工夫，晚上來得方便。
石秀　　說了實話便罷，如若不然，我就要——
和尚　　潘巧雲叫我前來的。
石秀　　不枉俺胸中韜略。海和尚，你將僧鞋僧帽與我留下。
和尚　　要僧鞋僧帽不行。
石秀　　你脫是不脫？

和尚　　我不脫。
石秀　　不脫我就要——
和尚　　我脫，我脫。(脫衣)
石秀　　海和尚，想你出家之人，這件色衣，那裡來的呀？
和尚　　乃是潘巧雲贈與我的。
石秀　　也替我留下。
和尚　　這件衣服，你把我殺了，也是不脫。
石秀　　你脫是不脫？
和尚　　我不脫。
石秀　　你不脫，我就要——
和尚　　你放我過去罷。
石秀　　下次來是不來？
和尚　　下回再也不來了。
石秀　　我卻不信。
和尚　　情願盟誓。
石秀　　你且盟來。
和尚　　（唱）走上前來忙跪定，遇路神仙聽我云。
　　我若下回來到此，叫我來世變蒼蠅。
石秀　　（唱）自幼出家入佛門，卻無半點敬佛心。
　　今天犯在三郎手，鋼刀以下兒的命殘生。(殺僧)
石秀　　海和尚一死，俺不免將屍首推在楊雄後院。
（楊雄上）
楊雄　　什麼人？
石秀　　石秀。
楊雄　　你還不曾回去？
石秀　　你家出了人命，俺到那裡去？
楊雄　　我家出了什麼人命？
石秀　　海和尚被俺殺死。
楊雄　　屍首現在何處？
石秀　　現在你家後院。

楊雄　　我卻不信。
石秀　　隨俺看來。
楊雄　　不錯，侍我將賤人殺死。
石秀　　且慢。殺死嫂嫂，你我弟兄，難出薊州。
楊雄　　依弟之見。
石秀　　依小弟之見，請嫂嫂翠屏山燒香拜佛。中途路上再殺不遲。
楊雄　　好。二人定計二人知，
石秀　　切莫走漏這消息。（下）

【第六場】

（雲兒上）
雲兒　　大奶奶大事不好了。
（潘巧雲上）
潘巧雲　　什麼事。
雲兒　　海師父被人殺了。
潘巧雲　　現在那裡？
雲兒　　現在後院。
潘巧雲　　待我看來，罷了海——
（楊雄上）
楊雄　　好個忘八蛋。（邁門）
　　啊！巧姐你們在作甚？
潘巧雲　　我與雲兒鬧著玩的。
楊雄　　暗中流淚。
潘巧雲　　哦，雲兒手指，碰著我眼睛。
楊雄　　（背自）說的倒也乾淨。取我香袋，戒刀、酒水。
潘巧雲　　大郎，要香袋戒刀何用？
楊雄　　翠屏山燒香還願。
潘巧雲　　為妻也要前去？
楊雄　　好，明天一同前去。
雲兒　　大爺我也要去。

楊雄　　小孩子不去也罷。
雲兒　　我與大奶奶要死，死在一塊。
楊雄　　這是什麼話！（楊雄下）
潘巧雲　　（唱）哎哎，海師父嚇。
但不知是何人將你來殺。
留下我潘巧雲痛在心腸。
叫雲兒把屍首與我搭上，
明日裏我主僕翠屏山上。（同下）

【第七場】

（石秀上）
石秀　　（唱）殺和尚我得了僧衣僧帽，
誆嫂嫂翠屏山來把香燒。
眼望見翠屏山一座大廟，
楊仁兄他到此再把手招。
（楊雄上）
楊雄　　（唱）賤人作事太不良，
背地私通海和尚。
邁步且把翠屏山上，
賤人到此問端詳。
（潘巧雲、雲兒上）
潘巧雲　　（唱）潘巧雲出門來淚流滿面。
不由人一陣陣痛斷肝腸。
叫雲兒你與我把路來帶，（掃一句）
石秀　　（白）嫂嫂你來了，
石秀　　來的好。
潘巧雲　　我來了。
雲兒　　我們回去罷。
楊雄　　雲兒哪裏走！
潘巧雲　　今天日子不好。
楊雄　　良晨吉日。

潘巧雲　我身上來了。
楊雄　石秀，你說你嫂嫂與海和尚有姦，有何憑証？
潘巧雲　呀呀呸！石秀自古道捉姦，
石秀　要雙。
潘巧雲　捉賊，
石秀　要髒。
潘巧雲　有什麼憑證。拿來觀看。
石秀　不看也罷。
潘巧雲　一定要看。
石秀　等著！
（唱）翠屏山前居家吵，
不由得小豪傑氣上眉梢。
我把實話對你講，
休得撒野來放刁。
楊雄　（白）你拿來我看。
石秀　你來看。
（唱）取出嫂嫂繡花襖，
（白）你瞧！你看！
楊雄　還有什麼？
石秀　你等著。
（唱）僧衣僧帽和道袍。
（白）你瞧！你看！
楊雄　（唱）自己妻子不馴教，
反來背害罵故交。
（白）進前來，呸呸呸！（楊殺雲兒下）
潘巧雲　（唱）一見雲兒命喪了，
石秀　（白）楊仁兄。你與我殺。嫂嫂你與我死！
潘巧雲　（唱）怎不教我痛往心。
我只得上前來哀告大郎，
大郎，夫嚇。大郎今日饒殘生。

楊雄　　呀呀呸。
潘巧雲　（唱）我只得上前去把石叔叔哀告。
　　嚇嚇嚇！石叔叔嚇！石叔叔饒我命殘生。
石秀　　你為何不殺？
楊雄　　夫妻難以下手。
石秀　　你不殺他。我殺你。
楊雄　　賢弟與我代勞。
石秀　　難道連累我的人命不成？
楊雄　　你我對天可表。
　　（唱）走上前來忙跪定，
　　叫聲過往一神靈。
　　我若三心並二意，
　　叫我死後不轉人。（石殺潘下）
楊雄　　賤人心裏如何？
石秀　　心似桃花。
楊雄　　一家人被你殺個乾乾淨淨，你我何處安身？
石秀　　你我弟兄投奔梁——
楊雄　　梁什麼？
石秀　　梁山。
楊雄　　走嚇！
石秀　　走嚇！楊仁兄，你敢莫有後悔之意？
楊雄　　大丈夫也能後悔！
石秀　　既然不後悔，你我走嚇
（齊下。完）

《武松殺嫂》之《戲叔》

（昔日演出《武松殺嫂》，多依蓋叫天《全部武松》的場序演來。從打虎、認兄、演止訪何，獅子樓、殺嫂為止。然人物關係情感變化比較粗糙。筆者偶然發現舊劇本中有《戲叔》一齣，寫得十分細膩，但很少有人演出。特附之於此，供研究之用。）

《武松與潘金蓮》劇照老白玉霜飾潘金蓮趙如泉飾武松

主要角色

潘金蓮：旦

武松：武生

（潘金蓮上。）

潘金蓮	（吹腔）	癡男子假裝喬， 我饞涎一縷怎能熬？
	（白）	奴家，潘金蓮。自從那日一見了武二奴就看上他了。
	（吹腔）	奴常把眼角傳情，話頭勾引， 他卻撇清裝假。
	（白）	他只做不知，我今日浸得一壺涼酒在此。
	（吹腔）	待他今日來家後， 奴用心引調， 任他是鐵漢也魂消， 須落得我圈套。

（武松上。）

武松	（引子）	揮汗歸來罷早衙，何日成名揚天涯。
潘金蓮	（白）	嚇。叔叔回來了麼？
武松	（白）	嫂嫂！
潘金蓮	（白）	叔叔今日回來甚早。
武松	（白）	我公門無事，早回家，問哥哥可曾歇下。
潘金蓮	（白）	你問你哥哥？還沒有回來。
武松	（白）	沒有回來，待我向縣前去尋他。
潘金蓮	（白）	嚇叔叔！他是個做生意的人，你到哪裏去尋他？且到家中坐了，等他到來就是了。
武松	（白）	既然如此，嫂嫂請！
潘金蓮	（白）	叔叔請！

（潘金蓮、武松同進門坐。）

武松	（白）	好熱的天。
潘金蓮	（白）	叔叔你身上穿的是幾層衣服？

武松　（白）　兩三層。
潘金蓮　（白）　這樣熱天，哪裏穿這許多？你看做嫂嫂的，穿得這等單薄。也罷。待我與你解下來曬曬吧。
武松　（白）　不消。俺武二日在官府是穿慣的，不勞嫂嫂費心。
潘金蓮　（白）　穿慣的？好性兒嚇。
武松　（白）　這桌上是什麼？
潘金蓮　（白）　這是奴家浸得一壺涼酒，待等叔叔回來解渴的。
武松　（白）　既有酒，等候哥哥回來，一同吃罷。
潘金蓮　（白）　哪裏等得及？待我與叔叔先吃一杯。等他回來再吃罷。
武松　（白）　如此多謝嫂嫂。
潘金蓮　（白）　叔叔是海量，大杯罷。
武松　（白）　好。竟是大杯。
（潘金蓮斟酒遞。）
潘金蓮　（白）　叔叔請酒。
武松　（白）　放在桌兒上。
（潘金蓮放杯，看。）
武松　（白）　多蒙嫂嫂所賜，武二立飲乾。
潘金蓮　（白）　叔叔後生家，不要吃單杯，吃個雙杯罷。
武松　（白）　噯，有酒待武二吃便了。什麼單雙？
潘金蓮　（白）　叔叔，我說的是酒啦。
武松　（白）　我原說的是酒嚇！乾！
潘金蓮　（白）　好量嚇。
武松　（白）　我才忘了，待武二借花獻佛，回敬嫂嫂一杯。
潘金蓮　（白）　奴家不會吃酒，半杯罷。
武松　（白）　就是半杯。
潘金蓮　（白）　取來。

武松	（白）	閃開，待我放在桌兒上。
潘金蓮	（白）	呵。又要放在桌兒上。固執得緊。 多謝叔叔！
武松	（白）	我武二在此，多謝嫂嫂。
潘金蓮	（白）	呵呀，好說。叔叔請坐。
武松	（白）	嫂嫂請坐。
潘金蓮	（白）	待我關上了門。
（潘金蓮關門。）		
武松	（白）	青天白日，為何將門關上了？
潘金蓮	（白）	關了門，穩便些。叔叔請坐。
武松	（白）	嫂嫂請坐。
潘金蓮	（白）	叔叔今日無人在此。
武松	（白）	無人在此便怎麼？
潘金蓮	（白）	叔叔嚇！
	（古輪臺）	我要問你家， 聞說你在東街，背地裏戀煙花。
武松	（白）	嗳，哪有此事！
潘金蓮	（古輪臺）	你緣何不說知心話， 何不喚她來家？
武松	（古輪臺）	我是個風虎雲龍， 怎肯向平康入馬？
（潘金蓮蹺腳。）		
潘金蓮	（白）	叔叔！
	（古輪臺）	你在客邸孤單，少年狂放， 只怕你心頭不似嘴喳喳。
武松	（古輪臺）	我原非虛話。
潘金蓮	（白）	我不信。
武松	（古輪臺）	不信是時且待兄長還家， 把咱行事，試將來問他，可知真假。
潘金蓮	（古輪臺）	休說那冤家。

武松	（白）	噯。夫妻，說什麼冤家。
潘金蓮	（古輪臺）	這風流話， 若還知道，怎嫌他？
武松	（古輪臺）	嗟呀！好叫人懸望巴巴， 這時候不見兄歸家。
潘金蓮	（白）	叔叔再請飲一杯。
武松	（古輪臺）	嫂嫂，你且暫停杯盞， 況天氣炎熱。
潘金蓮	（白）	叔叔往哪裏去？
武松	（白）	閃開！
	（古輪臺）	只索向門外，臨風瀟灑。
潘金蓮	（古輪臺）	到如今把機關用盡，怎肯輕輕拋下？ 叔叔，且同消夏，怎生忒不通達？
武松	（古輪臺）	只為奔馳勞頓， 心慵意懶，好難禁架。
潘金蓮	（古輪臺）	此意你知麼，伊休詐。

（潘金蓮持杯飲酒，武松看。）

潘金蓮	（古輪臺）	叔叔，半杯殘酒飲乾咱。
武松	（白）	住了。這酒是哪個吃的？
潘金蓮	（白）	是叔叔吃的。
武松	（白）	是我吃的，取來。

（武松接酒潑。）

武松	（白）	呀呸！
潘金蓮	（白）	呵呀呀，啐啐啐！

（武松怒。）

武松	（撲燈蛾）	我怪你忒喪心，怪你忒喪心， 羞恥全不怕。 有眼睜開看， 俺武二特地詳察！
潘金蓮	（白）	叔叔！

武松	（撲燈蛾）	走來，我是含牙戴髮， 頂天立地丈夫家， 怎肯做敗倫傷化！
	（白）	嫂嫂！
潘金蓮	（白）	嗯。
武松	（白）	你不要想差了念頭嚇！我哥哥倘有些風吹草動，武二這雙眼睛，認得你是嫂嫂，這拳頭嚇——
潘金蓮	（白）	拳頭便怎麼？
武松	（白）	卻不認得你是嫂嫂！
潘金蓮	（白）	呵呀武二，你不要誇口嚇！
武松	（撲燈蛾）	我非誇，是從打虎手兒滑。
潘金蓮	（白）	啐啐啐！
	（撲燈蛾）	笑伊直恁村，笑伊直恁村， 不辨真和假。 酒後聊相戲， 怎便將人叱詫。
	（白）	武二。你將我當做什麼人看待嚇？
武松	（白）	不過是嫂嫂罷了！
潘金蓮	（白）	可又來！
	（撲燈蛾）	常言道：叔嫂如娘大， 好一個知輕識重丈夫家。
	（白）	喲！
	（撲燈蛾）	只會把至親欺壓！

（潘金蓮笑。）

潘金蓮	（白）	叔叔！
	（撲燈蛾）	才塗抹， 從今兩意莫爭差。

（潘金蓮抱武松腰，武松推。）

武松	（白）	噯！

	（尾聲）	這場家醜堪羞煞！
潘金蓮	（尾聲）	自恨當初錯認了他。
	（白）	嚇叔叔！
武松	（白）	好沒廉恥！
潘金蓮	（白）	啐！蠢才！
（潘金蓮下。）		
武松	（尾聲）	噯呀哥哥呀， 只恐終須作話把！
（武大上。）		
武大	（念）	清晨出去猶嫌晚，下午回來汗未消。
武松	（白）	哥哥回來了？
武大	（白）	兄弟回來哉！家裏坐。
武松	（白）	咳！
武大	（白）	兄弟！
	（五更轉）	你甚時來家裏？
	（白）	可曾吃點心來。若是不曾吃，呵，哥盤裏，還有兩個燒餅，拿去吃了罷！
	（五更轉）	敢是點心見你尚未吃， 緣何頻問你多不應？
	（白）	哦，我曉得哉。想是嫂……
潘金蓮	（內白）	嫂什麼？
武大	（白）	不是嚇，我要掃掃地呀！兄弟。
	（五更轉）	敢是嫂嫂跟前慢待著你？
	（白）	哦喝是了。
	（五更轉）	莫非你受了官司氣？
武松	（白）	咳。本縣太爺，何等待我，什麼官司氣？快把我的行李拿來，俺不住在這裡了！
武大	（白）	兄弟呀！
	（五更轉）	你若是怪我，我就先賠禮。
	（白）	做阿哥的跪下哉！

武松	（白）	哥哥請起！
武大	（白）	哪個得罪了你？你對我說明，哥哥才能起來。
武松	（白）	哥哥起來，我說便了。
武大	（白）	你肯說，我就起來。
武松	（白）	呵呀，哥哥嚇！
	（五更轉）	你若問起根由， 與你裝些幌子。
武大	（白）	你從哪裏來呀？
武松	（白）	方才兄弟在縣前回來，多蒙嫂嫂浸得一壺好酒，飲酒中間，說什麼「單」吶「雙」嚇。哥哥嚇，哥哥！
武大	（白）	我今天做成的餅，是三十三個，乃是個單，兩個三十三，就是六十六，豈不是個雙？

（武松推武大倒。）

武松	（白）	咳！
	（武松下。）	
武大	（白）	噯喲喲，二官人怒氣衝衝去了，道是為著煞個事情？待我叫出老婆來問問看。 哈，我那賢妻！拙荊！內人！老婆娘嚇！

（潘金蓮上。）

潘金蓮	（白）	呀啐！你還是勾魂，你還是叫命吶？
武大	（白）	一個氣出，一個氣進。我且問你：二官人為了何事，怒氣衝衝的呀？
潘金蓮	（白）	啐！只為你！
	（五更轉）	那蠢才不爭氣， 累奴家吃了虧。
武大	（白）	誰欺負你，對我說。我定不與他干休！
潘金蓮	（五更轉）	情知只有武二來家裏， 見他冒暑歸來，備些酒漿茶水。
武大	（白）	無茶有水，是個好意。

潘金蓮	（白）	可是好意！
	（五更轉）	誰想他不太仁，將奴戲，
武大	（白）	這話我不信，我那兄弟，吃酒打老虎是他的本等。況他正直無私，向不喜愛婦人。你要知道他，還是個童男子。還靡有出過身子呢。這話我算是靡有聽見。
潘金蓮	（白）	大郎嚇！
	（五更轉）	也無顏在此，必要遷居矣。
武大	（白）	自家的兄弟，哪有不住在屋裏的？
潘金蓮	（五更轉）	若要兄弟同居，
	（白）	也罷！
	（五更轉）	還我休書一紙。
武大	（白）	你住了罷！開口休書，閉口休書，就是個兄弟，住在一處，又有什麼要緊？

（潘金蓮哭。）

潘金蓮	（白）	天嚇！

（潘金蓮拍桌。）

潘金蓮	（白）	還我休書來！
武大	（白）	說說她又哭起來了。是了，我明日叫兄弟搬出去就是了。
潘金蓮	（白）	這便才是。
武大	（白）	正是：
	（念）	花消紛碎恨難禁，
潘金蓮	（念）	可恨狂徒強逼人。
武大	（念）	堪信路遙逢馬利，
潘金蓮	（念）	方知日久見人心。

（潘金蓮下。）

武大	（白）	我把你個臭花娘！

（潘金蓮上。）

潘金蓮	（白）	你罵哪一個呀？

武大	（白）	我說你的花樣。
潘金蓮	（白）	啐！

（潘金蓮下。）

武大	（白）	我把你個臭騷屄養的嚇！

（武大下。）

（完）